あんの明日

お勝手のあん

柴田よしき

時代小説文庫

角川春樹事務所

目次

あんの明日

お勝手のあん

一　うなぎの味

安政《あんせい》四年六月。

六月四日が一の丑《うし》で、紅屋《くれないや》でもうなぎを出した。夏の盛り、うだるような暑さが続いている最中《さなか》に脂の強いうなぎを食べる、というのは、少しおかしな話だな、とやすは思うのだが、夏の土用《どよう》の丑にはうなぎ、と、江戸でも品川《しながわ》でも人々は習慣にしているので、うなぎを出さないとお客に文句を言われることもある。

「平賀《ひらが》源内《げんない》という人がいたの」

やす自身が子供の頃《ころ》に政《まさ》さんから教えてもらった話を、とめ吉《きち》にしてやる。

「享保《きょうほう》の生まれの人だったそうだから、もう随分昔のことね。たいそう頭の良い人で、いろいろな珍しくて面白い物をこしらえたり、お商売を繁盛させるやり方を思いついたりと、才も人気もある人だったのですって。その人がね、夏の土用の、丑の日に、うなぎを食べるといい、とはやらせたのですって」

「どうして、土用の丑にうなぎを食べるといいんですか」

「うーん、どうしてかしら。でも、丑の日なので、う、のつくものを食べたらいい、ということだったそうよ」

「そんなら、梅干しでも、卯《う》の花でもいいですよね」

やすは笑った。

「その通りね。でも平賀源内さんは、夏に売れないうなぎをどうやって売ったらいいか、と考えて、丑の日にうのつくものを、だからうなぎだ、と看板を出したら、それが大評判になってしまった。人は、ほかの人がしていることを自分もしてみたいものでしょう。そしてその理由は、どんな些細《ささい》なことでもいい、得心しやすいものほどいいのかも。丑の日だからうのつくものでも食べようか、そんな語呂《ごろ》合わせは、気軽に口にできるし真似《まね》できる。梅干しや卯の花はいつも食べているから面白くない。いつもは食べないもので、うのつくもの。そうだ、うなぎがあったじゃないか。ではうなぎでも食べようか。食べてみれば、うなぎは美味《おい》しいものだから、食べてよかった、なるほど夏のうなぎも悪くはないな。そんな風なことなんじゃないかしら」

「ちょいと、その平賀さん、適当なお人ですね」

とめ吉が真面目《まじめ》に言ったので、やすは噴き出した。

「本当に。でも、商売繁盛のきっかけなんて、そんなものかもしれない」

「まあそうなんだが」

いつの間にかそばに来ていた政さんが言った。

「でも夏場ってのはどうしても食が細くなるだろう。年寄りなんかは夏瘦《なつや》せで死んじまうこともある。うなぎは脂が強いから、胃の腑《ふ》が弱っている時に食べ過ぎると腹を壊すが、昔から精のつく食べ物だと言われてるから、案外、夏にうなぎを食べるのも理にかなっているのかもしれねえよ。それにあの、蒲焼《かばや》きの匂《にお》い。あれは強烈で嗅《か》いだだけでも腹が減る。食が細ってても、あの蒲焼きの匂いにつられて食べられる」

「そういうこともありますね」

やすは納得してうなずいた。

「やっぱり平賀源内さんという人は、立派なお人だったんですね」

「さあ、そこまで考えてのことだったのかどうかは、俺は知らねえけどな」

政さんは笑って言った。

「ところで二の丑にもうなぎを出そうと思うんだが」

「へえ。二の丑は十六日ですね」

「蒲焼きを並べるだけじゃ、ちょいと面白くない。一の丑に泊まってくだすったお客人が、帰りにたまたま二の丑にまた泊まってくださるってことも、ないとは限らねえだろう？　なのでいくらか工夫をしてみたいんだが」

「楽しみです。どんな工夫を？」

「そいつをおやす、おまえが考えるんだ」

政さんは、楽しそうに言った。

「平賀源内という御仁《ごじん》が、丑の日にうのつくうなぎを食べろと言っただけで、夏の土用の丑の日はうなぎ、と世の中が変わっちまった。もしかするとおまえさんが考え出したうなぎ料理が、今度は世の中を変えちまうかも知れねえよ」

「そんな」

やすは目をくりっと回して見せた。

「うなぎはうなぎです。どんな風に料理したって、それで世の中変わりはいたしません」

「あはは、まあそれはそうだろうが、けど新しいうなぎの料理が紅屋の看板料理になれば、またお客が増えて大旦那《おおだんな》も喜ばれる。おやすと、それにとめ吉、おまえもおやすを手伝って新しいうなぎ料理、考えてみな」

「へ、おいらもですか！」

「おまえたち、五色団子を考えて作っちまったじゃねえか。あの団子は評判になって、この頃では江戸の菓子屋でも五色団子を作ってるって話だぜ」

「へえ！　おやすちゃんを手伝います！」

とめ吉は嬉《うれ》しそうだった。

料理にあまり興味を示さないとめ吉は、勤勉さと体格の良さで、男衆の見習いに引き抜かれそうになっていた。里の親は将来食いっぱぐれがないようにと、とめ吉を料理人にしたいと願っているらしく、やすも、素直で真面目なとめ吉は、飛び抜けた料理人にはなれなくても、堅実でいい仕事をする料理人になれるだろうと思っている。なのでなんとかとめ吉に、料理に興味を持ってほしかった。そんな折、とめ吉と団子の話になり、とめ吉が里の花祭りで生まれて初めて色つきの団子を見た時の驚きと嬉しさを話してくれた。たまたま、薩摩《さつま》藩《はん》の江戸屋敷から里に下がっていた菊野《きくの》さんが、親戚の団子屋を譲り受けるという話を聞いていたこともあり、やすはとめ吉に思いのままに団子について話させて、とめ吉の思いつきをもとにして、五色の団子を作ってみた。それを泊まり客のお茶受けに出したところ評判になり、今では品川や江戸でも五色団子を売る菓子屋があるらしい。

ただ、泊まり客が部屋に入った時にお茶と共に出すお菓子としては、団子が五個、というのは少し量が多かった。夕餉《ゆうげ》が美味しく食べられるようにお腹にたまらない大きさでと、出来るだけ小さな団子にしたのだが、それでも、中にそれぞれ違う餡《あん》を忍ばせるという工夫が災いして、小さくできる限界があったのだ。五色団子を出すようになってから、夕餉の白飯がおひつに残ることが増えてしまった。けれど五色団子の人気は今でも高く、暑い季節になって五色団子よりもさっぱりとした水団子や水羊羹《みずようかん》を出すようになっても、噂《うわさ》に聞いた五色団子が食べたいというお客は絶えない。それでこの頃では、朝の出立の際に、手土産として五色団子の包みを渡している。これがまたまた評判になり、お金を余計に払うからたくさん持たせてくれというお客までいるようになって、朝から団子作りという一仕事が増えてしまった。

紅屋名物のよもぎ餅《もち》も、よもぎの季節にはお客の出立に包んで渡している。だが一年中となると、それでなくても忙しい朝に団子作りの手間が増えるのは困りものである。

せっかくとめ吉の思いつきから評判をとった五色団子だが、どのようにしたら紅屋でお客に出すのにちょうどいい菓子になるのか、やすは毎日考えている。

しかし、菊野さんに五色団子の作り方を書いた文を出したことは良い結果になった。菊野さんは皐月《さつき》が終わる頃に里を離れて遠州《えんしゅう》に旅立ち、念願の団子屋のおかみさんになった。その団子屋で、やすととめ吉が考えた五色団子を出したところあっという間に評判になり、ひと月も経《た》たないうちに人を雇い入れたらしい。毎日がとても楽しい、と、弾むような筆で書かれた文が届き、やすは嬉しさで胸がいっぱいになった。

さて、うなぎである。

とめ吉は、政さんに、やすと一緒に考えろと言われたことがよほど嬉しかったのか、それから何をしている時でもうなぎの話ばかりするようになった。二の丑まで十日あまりしかないので、凝った料理を考えるのは無理だろう。うなぎを無駄にも出来ないので、試しに色々作ってみることも難しい。やすが知っている料理の中から何か選んで、さっとできる工夫をして出すしかない。

「まずは蒲焼き。それから白焼き、焼いて細かく切って胡瓜《きゅうり》と和《あ》えた酢の物のうざく。焼いてから卵で巻いたう巻き」

やすは思いつくままに挙げてみた。

「茶碗蒸《ちゃわんむ》しの中に入れるのも美味しいわね。おすましの中に焼いたうなぎを入れても美味しい」

「おいらの里では、味噌汁《みそしる》に入れます」

「あ、そうね、生のうなぎを味噌仕立ての汁にもする。でもやっぱり、一番美味しいのはうなぎ飯。紅屋でも一の丑にはうなぎ飯にして出した。紅屋は夕餉でも白飯をわざわざ炊くから、その温かいご飯の上に蒲焼きをのせて、その上にまたご飯をのせるの。そうするとご飯の間に挟まっているうなぎがふっくらと柔らかくなる。もちろん一番上にも蒲焼きをのせる」

「豪勢でしたよね」

「そのくらいしないと、棒手振《ぼてふ》りから買える蒲焼きじゃお客に出すには寂しいでしょう」

「まかないにも、ご飯の上に蒲焼きがのってました。美味しかったなあ。おいらの里でもおとうや兄《あに》さんたちが川に仕掛けを作ってうなぎを獲《と》るけど、いい値で売れるんでおいらの口には滅多《めった》に入らないし、たまに食べる時でもぶつ切りにして味噌汁です」

「うなぎ飯より美味しい食べ方なんて、あるのかしら。せっかく一の丑とは違う料理にしても、これならうなぎ飯の方がうまかった、って言われたらつまらないし」

「蒲焼きと付け飯だけでも、うなぎはうまいですよ。うなぎ飯だとそれだけで腹がいっぱいになるから、他の料理が食えません。二の丑は他の料理をちょっと豪勢にして、代わりにうなぎは蒲焼きだけであとは飯、ではだめですか」

　確かにとめ吉が言う通り、一の丑では夕餉をうなぎ飯と決めたので、他の献立はうなぎの酢の物、青菜、それに吸い物と香の物という簡単なものになった。白飯もたくさん、うなぎも蒲焼き二枚を使うので、うなぎ飯は夕餉には少し重いのだ。旅籠《はたご》の夕餉は、量が多過ぎて寝苦しくなったり、朝まで胃の腑がもたれたりするものであってはいけない。翌朝も早くにたって長い間歩かなくてはならない旅の人は、朝餉《あさげ》をしっかり食べることが何より大事。なので夕餉に食べ過ぎないようにしなくてはならない。

二の丑には、うなぎは蒲焼きだけにする。それはいい考えかもしれない。が、蒲焼きは振り売りで誰《だれ》でも気軽に買えるもの。土用の丑の日にはとりわけたくさんの棒手振りがうなぎを売って歩く。せっかく紅屋に泊まっていただいて、蒲焼きが出て来たらお客さんはがっかりしないだろうか。もちろん吟味したうなぎをさばき、たれも政さんが美味しいと認めてくれるものをきちんと作るのだから、そんじょそこらの振り売りで買える蒲焼きよりは美味しいはずだ。その点には自信が持てる。けれどそれでも、紅屋で出すうなぎはどんなふうだろうと期待してくださるお客さんが、見ただけで嬉しくなるような料理かと言えば……

「おやすちゃん、例のお侍さんがおいでだよ」

部屋付き女中のおはなさんが、お勝手に顔を出して言った。

「いつものように文だけ置いて帰ろうとしたからさ、どうせだったら勝手口にまわって、おやすちゃんに会っておいきなさいよ、って言っといたんだけど」

やすの胸が、とくん、と鳴った。

幕府天文方山路彰常《てんもんかたやまじあきつね》さまのご子息山路一郎《いちろう》さま。

自分が幕府天文方のご嫡男などと対等に口がきける身分でないことは、やすは重々承知している。が、初対面が、明け方に屋根の上を歩いていた山路一郎さまを、江戸深川《ふかがわ》の、おいとさんの家の庭で見てしまった、という何とも奇妙な出来事だった上に、おいとさんが気安く一郎さんと呼び、ご本人も他人行儀な呼び方はお好みではないこともあって、つい一郎さん、と呼んでしまう。一度二度と山路さま、と呼んでしまったら、一郎さんはとても悲しそうな顔になってこう言った。

「わたしはただの、見習いの若造です。あなたの方が大人びているし、仕事だってお勝手を任されることもあるくらい立派にやっていらっしゃる。なのにわたしに対して様などとつけてお呼びになるのは、なんだかあなたが遠くに感じられてしまいます」

すべてにおいてまっすぐで、純朴で、不器用だけれど憎めないかわいらしさのあるお人だった。

天保《てんぽう》十二年の生まれと言っていたから、やすと同い年のはず。だがさすがにお侍様だけあって、風体は立派に大人だ。

　厳格なお家らしく、品川には遊郭があるから行ってはいけないとお父上さまに言われ、一郎さんもそれを守って品川に入らずにいらしたのだが、お父上を何度も説得して、ようやくこの頃は紅屋の玄関口まで来てくださるようになった。いつも、おいとさんからの文をやすに運んで来てくださるのだ。

　それも、勝手口でやすに直接手渡すのではなく、表の玄関で取次を頼み、部屋付きの女中さんに頭を下げて文を渡し、やすが顔を出すまで通りに立って待っている。どこまでも生真面目で不器用な人である。紅屋でもすっかり知られてしまい、女中たちがやすをからかうようになってしまった。

　やすは前掛けを外して勝手口から外に出た。いつもは表玄関の前に立っている一郎さんが、おはなさんに言われた通りに今度は勝手口の横に立っていた。

「あ、おやすさん」

　人懐こい笑顔。片方にだけ小さなえくぼが見える。

「女中さんが、勝手口から自分で手渡したらとおっしゃったので。お仕事中、ご迷惑ではありませんでしたか」

「文を受け取るくらいなら、大丈夫です」

「お、お話をする時間はありませんか」

やすは笑いをこらえた。

「まだ忙しくなるには少し間があります。そこの石に腰掛けてお待ちください。お茶を持って参りますから」

「飲み水は持って来ました」

一郎さんは、竹筒を振ってみせた。

「帰りの分は残っています。それより、おやすさんも一緒に座ってください。わたしはあなたとお話がしたいのです」

「へえ、わかりました」

やすは一郎さんと並んで、平らな石に腰をおろした。それは大人二人が座っても余裕があるほど大きな、真っ平らな石で、いったいいつからそこにあるのかは大旦那さまもご存知《ぞんじ》ないらしい。紅屋の裏庭の端、海へと続く草原に入る小道のそばに置かれていて、紅屋の男衆も女中もみんなそこに腰掛けて休憩したり、煙草《タバコ》をのんだりする。やすはその石を見るたびに、あの大地震の夜のことを思い出す。たまたま外にいたやすは、大きな揺れが来た時に咄嗟《とっさ》にその石にしがみついたのだが、石はずっと動いてしまった。あの時の恐怖が、まだ時折やすの脳裏に蘇《よみがえ》る。

「おいとさんは、あなたに文を書くのが好きですね。いつわたしが顔を出しても、これを何かのついでに届けておくれ、と文を手渡されます」

一郎さんが真面目な顔で言うので、やすはまた笑い出しそうになった。おいとさんからの文は、中身が大して書かれていない。時々は、おいとさんや煮売屋の近況が綴《つづ》られていることもあるが、たいていは、おいとさんが作った押し花が貼《は》ってあったり、芭蕉《ばしよう》の句が書かれていたりする程度だ。おいとさんは、どうでもいいような文をやすに宛《あ》ててたくさん用意しておいて、一郎さんが顔を見せるたびにそれを託している。生真面目な一郎さんが、喜んでそれを品川まで届けることを見越して。

一郎さんは、やすに会う口実ができるならなんでも嬉しいのだ。そう認めるのはやすにとって、少し照れ臭く、自分が何か大きな勘違いをしているのかもしれないと思うと怖くもある。ただ、一郎さんという人には悪気というものが一切ない。嘘《うそ》もつかない。そのことだけは確信が持てる。

一郎さんが自分を好いていてくださる、というお気持ちは、本物なのだとやすは感じている。

しかしそれはあくまで、子供が、大好きな長屋のお姉さんに懐くようなものなのだと思う。世間が考えるような色恋ではない。

徳川幕府に仕える武士の中でも、重要なお役目である天文方、その由緒正しい家の嫡男である山路一郎と、宿場町のお勝手女中とでは、天地がひっくり返っても色恋沙《ざ》汰《た》など生じるはずがない。

おいとさんはいったい、どうしたつもりでいるのだろう。やすは、そこが少し不思議だった。

おいとさんにとって一郎さんは、赤子の頃から知っている「坊ちゃん」だ。その坊ちゃんが、品川のお勝手女中が大好きで、会いに行きたい、会いに行く口実が欲しいとなれば、それを用意してあげたくなる気持ちはわかる。けれどその先どうなればいいと思っているのだろうか。

一郎さんももう十七、そろそろ本格的に天文方としての修業を始めなくてはならないだろう。夜な夜な、江戸の家々の屋根に登って星を眺めたり、おいとさんの店に寄っては文を預かってわざわざ品川まで届けたりと、呑気《のんき》に暮らしていられる歳《とし》ではない。一郎さんのお父上が品川行きを禁じていたのも、遊郭での遊びなどを覚えてしまって堕落することを危惧《きぐ》したからだろうが、同時に、武士としてそろそろ自覚を持ち、武士らしく日々をおくりなさい、ということもあるのだと思う。

一郎さんと仲良くさせていただいて、お話をするのはとても楽しいことだった。けれど、このまま続けられることではないのだ、とやすにはわかっている。

「おいとさんは、わたしのことをとても心配してくださいます」

「いつも言ってますよ。おやすちゃんはそんなに品川がいいのかねえ、って。おいとさんは、おやすさんに深川に来てもらいたいのだと思います」

「深川は活気があって、煮売屋の仕事も楽しくて、おいとさんと暮らした二ヶ月ほどは本当に幸せでした。けれど品川はわたしにとって、ふるさとのようなところなんです」

「でもあなたは、神奈川《かながわ》の出だと」

「へえ、神奈川の漁師の娘です。けれど……八つの時に品川に来ましたから」

「神奈川のお里に帰ることもあるんですか」

やすはそっと首を横に振った。

「もう……帰ることはないと思います」

父親に売られたのだ、などとは言えない。言っても一郎さんは困惑されるだけだ。

一郎さんは、やすの様子から何かを察したのか、それ以上は訊《き》かなかった。

「おやすさんは口の堅い人なので、話してしまってもいいですか。実はわたし、今日は少し憂鬱《ゆううつ》なのです」

「へえ。……話してご気分が軽くなられるのでしたらお聞きいたします」

「この頃、父がとても苛立《いらだ》っているというか、父の心が乱れているのです」

「お父上さまの？　どこかお加減でもお悪いのでしょうか」

「いいえ、父の身体《からだ》には何もありません。ですが……上様のお加減が」

言いかけて、一郎さんは辺りを見回した。裏庭には他に人の姿はない。

「すでに町の噂にはなっていることですが……上様はご幼少のみぎりからお身体がお丈夫ではなく、ご病気がちでいらっしゃったそうです。上様のごきょうだいは、皆早くに亡くなられてしまわれました。成人されたのは上様お一人だったと聞いています」

「それは……お気の毒に」

「その上、先先代、先代と、お二人も御台様《みだい》に先立たれてしまわれて、ご心痛もいかばかりであったかと。ですが、薩摩の姫君を御台様に迎えられて以来、上様のご機嫌はうるわしく、お二人もとても仲睦《なかむつ》まじくお暮らしでいらっしゃって、今度こそは後継様もご誕生あそばすのではないかと、幕臣みな大層期待しておられたようです。わたしの父も、これでひと安心だと言っておりました。それが……」

一郎さんの声が小さくなった。

「……今年に入って、上様のご容態《ようだい》があまりよろしくないそうなのです。特に夏を迎えて、お床に臥《ふ》されることも多いと。このままでは……後継ぎ様のご誕生まで……上様のお命がもたないのではないかと……」

やすは思わず、口元に手をあてた。驚いた声すら出してはいけないように思った。

「そのようなお話は……一郎さん、やすはお聞きしない方がよろしいと思います」

「はい。決して漏らしてはならないことですね。わたしはまだ、幕臣の嫡男である自覚が足りない……でも……すみません、耳をふさいでいてくださっても。ですが、あなたに打ち明けてしまいたいのです」

やすは黙っていた。耳をふさぐ仕草をしようかとも思ったが、そんなことをしても意味がない、とやめた。

口をつぐもう。この先、一郎さんが何を話しても、そのことについては死ぬまで黙っていよう。

「……幕府はすでに、上様がお隠れになられた後のことを考える段階に入っています。不謹慎なことですが、政《まつりごと》とはそういうものです。何があっても、止めてしまうことはできません。何より大事なことは、今お世継ぎのいない上様ですから、次なる将軍職をどなたに継いでいただくか、です。仮に御台様がご懐妊されていらっしゃるとしても、お生まれになるお子様が男子であるかどうかはわかりませんし、男子であったとしても、赤子に将軍職は務まりません。後継ぎ様が元服されるまでの間も、将軍が不在であるわけにはいきません。徳川幕府十四代将軍をどなたにお願いするか、幕府は今、水面下でそのことに腐心し、幕府内に勢力争いが起きているのです」

一郎さんは、大きくひとつため息をついた。

「天文方は政の中心にいるわけではありませんし、幕府内の権力争いとも本来は無縁であるべきお役目です。しかし幕府に仕えている限りは、無縁とばかり言えない状況があるのだと思います。父の考えはわかりませんが、父がどんどん憔悴《しょうすい》していく様子なのが気がかりです」

一橋《ひとつばし》さまと紀州《きしゅう》さまとで、上様の後継を争われているという噂は耳にしている。もちろん争っているのはご本人さまたちではなく、一橋派と紀州派に分かれてしまった幕府の人々なのだろう。一橋慶喜《よしのぶ》さまと紀州慶福《よしとみ》さま、どんな方々なのかやすには想像もできない。

「紀州様はまだ十二、将軍職に就かれるにはお若過ぎるという意見もあれば、いや、一橋様はご血縁が遠い、上様の従兄弟《いとこ》であらせられる紀州様こそ正統、という意見もあるようです。父がどのように考えているのかは、はっきりと述べられたことがないのでわかりません。できればそうした争いに巻き込まれずに、天文方としてのお役目を実直に務めていければと思うのですが……父も色々と悩むことがあるようで、次第に気難しくなり、わたしへのお小言も増えてしまいました」

「お父上さまのお心が安らかにあらせられますよう、品川にいらっしゃるのもお控えになった方がよろしいのではありませんか？」

「それは、嫌です」

一郎さんは、子供のように言った。

「わたしはおやすさんと話がしたいのです。おいとさんの文を手渡したいのです。そうだ、いっそのことおやすさん、一度我が家においでになりませんか？」

「……山路さまのお宅にですか？」

「はい、浅草ですから深川からも日本橋からも遠くはありません。今度江戸に来られた折にでも、ぜひいらしてください。父にあなたのことを紹介したいと思います。あなたのお人柄を知れば、あなたとこうして会うことを父も咎《とが》めたりはしないようになるはずです」

やすは、口を半開きにして一郎さんの顔を見つめた。この人は、本気で言っているのだろうか？

「一郎さん」

やすは、一度呼吸を整えてから言った。

「お忘れのようですが、わたしは旅籠のお勝手女中でございます」

「はい」

「そしてあなたさまは、幕府天文方のご嫡男でいらっしゃいます。こうして親しく口をきいていただけること自体、わたしにとっては大変な僥倖《ぎょうこう》でございます。ですが、あなたさまのご身分を考えましたら、やはり間違ったことなのかも知れません」

「どうしてですか？　身分がどうあれ、わたしはおやすさんと話をするのがとても楽しい。おやすさんは賢くて、慎み深くて、素晴らしい方です。そんな方とこうして楽しく話をする、それのどこが間違っているのでしょう」

「ご身分の違いというものを、それほど軽くお考えになってはいけません。……おそらくお父上さまは、わたしのような者がご子息と親しく口をきいていることを、快くは思われないと思います」

「だったら品川に来ることを許してくれたりはしないでしょう。遊郭があるから行ってはならぬと言っていたものを、何度も説得してようやく許してもらったのです。わたしは正直に、おやすさんという女人とお会いするのが楽しみであることも伝えました。父に隠し事はできません」

やすは半ば呆《あき》れていた。いくら一郎さんが素直で純な人だとしても、そんなことまで正直に父親に話してしまうだなんて。

「お、お父上さまは……なんとおっしゃったのですか」

「どんな女人なのかと訊かれましたので、とても素晴らしい方だと伝えました。若いのに料理自慢の旅籠のお勝手で大事な仕事を任されており、よく働き、朗らかで、とても聡明《そうめい》で。話をしていると楽しくて時を忘れてしまうようです、と。父は、節度を守り、家に恥じない行いをしなさい、と言いました」

「……それだけですか」

「はい、それだけです。きっと父は、おやすさんが素晴らしい方だとわかったので安心したのだと思います」

一郎さんの言葉をそのまま鵜呑《うの》みにする気にはなれなかった。そして、節度を守り家に恥じないよう、と釘《くぎ》を刺した一郎さんのお父上さまの本心は、お勝手女中などと親しくしてはならない、ということなのだ、とやすは思った。

けれど一郎さんは、禁じられなかったのだから認められたのだ、と思っている。

一郎さんは育ちが良すぎるのだ。身分の違いというものをあまりに簡単に考えていらっしゃる。

やすは、このままではいつか、自分のことで一郎さんが苦しむことになる、と思った。一郎さんを苦しめるようなことだけは、してはいけない。

お別れを言わなくては。そう思った途端、涙がこぼれそうになり、胸が痛んだ。一郎さんにもう会えなくなることを考えると、叫び出したいほどに胸が痛い。

結局やすは、何も言えないままいつものように、江戸に帰る一郎さんの背中を見送った。

❖

「うなぎの料理ねえ」

おしげさんは、湯上りの身体を夜風で冷ましながら、団扇《うちわ》をぱたぱたと胸に打ち付けている。

新しくなった紅屋には内湯が二つあり、一つは奉公人用である。奉公人が入る為《ため》の内湯を造るなどとは他で聞いたことがない。大旦那さまは心から奉公人を大切にしてくださるのだが、あまりにも待遇がいいと逆に不安になることもあった。奉公人を甘やかし過ぎるというのは、同業の旦那衆の間ではあまり良い評判ではないのだ。

それでもそのおかげで、仕事で遅くなっても湯に入ってさっぱりとしてから寝られるのだから、なんとも幸せなことである。

やすはとめ吉としまい湯に入ることが多いが、おしげさんは女中頭なので、男衆の入浴が終わると、湯に入ってから長屋に戻ることがある。

「うなぎはどう料理しても美味しいものだよ。そんなに考えなくても、一の丑と同じうなぎ飯でいいんじゃないのかねえ」

「うなぎ飯は旅籠の夕餉に食べるには、少し重すぎませんか」

「白飯の量を減らせばいいじゃないか」

「へえ、でももうひと工夫、何かできないかと思って」

「おやす、あんたは本当に、考えるのが好きだねえ、料理のことになると」

「料理の工夫を考えているのが楽しいんです」

「そうかい、まあ仕事してて楽しいってんだから、あんたは幸せな子だよね。ところでさ」

おしげさんは、団扇でやすに、そばにおいで、と合図した。やすはおしげさんが腰掛けているあがり畳に並んで座った。とめ吉は井戸で洗い物、平蔵《へいぞう》さんはもう長屋に帰ってしまい、政さんは番頭さんと、裏庭で将棋をさしている。

「政さんのことだけどね」

おしげさんは声を低めた。

「江戸の料理屋に誘われてたって話」

「へえ」

「あれ、流れたみたいだよ」

やすはおしげさんの顔を見た。おしげさんが微笑《ほほえ》んだので、やすも思わず笑顔になった。

「本当ですか」

おしげさんはうなずいた。

「政さんを誘ってた料理屋の主人がね、病を患って商売を休んでいるんだってさ。政さんはもともと、その人への義理があって江戸に行こうかどうしようか悩んでたわけだから、ひとまずその話は流れたってことだろ」

「政さんがよそへ行かないでくれるならわたしは嬉しいです。でも、喜んでいいことなんでしょうか。政さんは、江戸に行きたかったのでは」

「あの人は紅屋の台所に命を預けてるんだよ。そのくらいの恩義は大旦那様に感じてるはず。江戸で料理人になりたいわけじゃなかったんだよ、もともと。だから喜んだらいいよ。政さんだってほっとしているはずさ」

「それなら良かった」

やすは言った。

「政さんがいなくなるなんて、考えるのも嫌でした」

「ただ、ね、おやす」

おしげさんは、じっとやすの顔を見ながら言った。

「もしかしたら政さんは、あんたの為にもなると思って江戸行きを考えてたんじゃないかね」

「わたしのために、ですか？」

「そうさ。政さんが言ってたんだよ。おやすはもう、一人で台所を仕切るくらいの腕はある、ってさ。だけどおやすは、誰かを頼ろうとばかりしている、って。無理に一人でやらせてみればちゃんとやり遂げるのに、そばに政さんや平蔵さんがいたら、そっちの顔色ばかり窺《うかが》ってる、って」

「でも……わたしはまだ、一人でなんてできません」

「政さんは、できる、って言ってた。あとはおやすの気持ち次第なんだ、って。まああたしにゃ料理のことはわからないけど、政さんができるって言うんだからさ、あんたにはできるんだよ、きっと。知っての通り、平蔵さんはいずれ紅屋を出る人だよ。自分で料理屋を出すにしても、神奈川のすずめ屋《や》さんに戻って台所を任されるにしても、ね。政さんは、この紅屋の台所は、いずれあんたに任せようと思ってるんだよ。その時が来たら、政さんは出て行くつもりかもしれない」

「そんなの、嫌です」

やすは言って、首を横に振った。

「わたしはずっとずっと、政さんとここで料理をしていたいんです」

「だけどあんたももう十七、これからどんどん女の盛りに向かっていく。もう子供じゃない。そしてあんたの料理の腕はどんどん上がっていく。それがどんな意味を持つか……あんたの存在が政さんにとって大きくなり過ぎちまったら、あるいは、あんたに教えることがなくなって、あんたか政さん、どちらか一人いればいい、って時が来ちまったら……」

「政さんから教えてもらうことは、決して尽きません」

おしげさんは、ふふ、と笑った。

「あんたはまるで、政さんのことを神様か何かみたいに思ってるんだね」

「へえ。政さんはわたしにとって、神さまのようなものです」

「けどね、おやす。政さんは人なんだよ」

「それはわかっています」

「わかってるなら、政さんの気持ちも少しは考えてごらん。あの人だってあんたのことが可愛《かわい》いさ。手放したくないだろうさ。でも、あんたはどんどん成長し、料理人として大きくなる。逆に政さんは、これから四十の坂を越えていくんだよ。次第に少しずつ老いていく。そしていつかは、あんたがあの人を越えていくことになる。師弟関係ってのはそういうものさ。弟子はいつか師匠を追い越すもんだし、そうでないといけないんだよ。政さんは、その日が来るのがあんたや周りの人たちが思っているより早いと知ってる。そしてあの人は、あんたの邪魔にはなりたくないんだよ」

「政さんがわたしの邪魔になんて、なるわけがないじゃないですか！　そんなこと言わないでくださいい、おしげさん」

やすは涙ぐんでいた。

「わたしはここで、政さんといつまでも働きたい。わたしの望みはそれだけなんです」

やすが袖《そで》に顔を埋《うず》めてしまったので、おしげさんがそっとやすの背中をさすった。

「ごめんよ、悪かった。泣かないでおくれ。ほら、政さんや番頭さんがこっちを見たら、なんで泣いてるんだと気にするだろう？」

やすはうなずいて、必死に涙をこらえた。

「あんたの気持ちはよくわかった。政さんには、あんたがどれほどあの人を慕ってるか、何かの折に話しておくよ。とにかく当面は、政さんは紅屋にいてくれる」

「へ、へえ」

「じゃ、あんたの機嫌直しに、江戸の茶漬け屋の話でもしようか」

「茶漬け屋？」

「お茶漬けを食べさせる飯屋があるんだよ」

「お茶漬けって、あの、湯漬けの湯の代わりにお茶をかけた？」

「そうそう。でも冷や飯に茶をかけて梅干し一つのっけました、ってだけじゃ商売にはならない。茶漬け屋では、かけるお茶の代わりに出し汁を使ったり、梅干しじゃなくて具に凝ったりして、なかなか人気なんだよ。具には卵焼きとか、味噌漬けの下足《げそ》を焼いたものとか、いろんなものをのっけてくれる。茶漬けでもそうした豪勢な具なら、立派に料理として金が取れるんだね」

「おしげさん、食べてらしたんですか」

「おはなちゃんだよ、部屋付き女中の。おはなちゃん、江戸で奉公してる姉さんがいるのよ。その姉さんが去年の藪入《やぶい》りに、おはなちゃんを江戸に呼んでくれて、二人で茶漬け屋に入ったんだって。なんでこんな話してるのかって言うとね、その茶漬けの具に、うなぎもあったって言ってたのを思い出したの」

「うなぎ！　うなぎのお茶漬けですか」

「そうなの。うなぎを専門に出す料理屋では、最後にお茶漬けで終わるところもあるらしいよ。おはなちゃんはうなぎ茶漬けは食べなかったらしいけど」

「うなぎを、お茶漬けに……」

「あんたが新しく思いついた料理ってわけじゃないけど、うなぎ飯が重いならさらさらとお茶漬けならどうだろうと思ってね。お茶漬けなら胃の腑が疲れることもないだろうし、夏場にはいいんじゃないかね」

　やすは思わず立ち上がった。

　うなぎのお茶漬け！　それはいいかもしれない。二の丑のうなぎ料理は、さらっとお茶漬けで出す。いつもは献立の主役になるうなぎを、わざと最後に粋に出す。

　試してみたい。やすは、ついさっきまでべそをかいていたのが嘘のように、心を浮き立たせていた。明日、棒手振りから蒲焼きを一枚買って来よう。それでどんなお茶漬けができるかやってみよう。のせる薬味は何がいいだろう。

やすは、とめ吉に話したくてたまらずに、勝手口から飛び出していた。

二　若旦那さまの秘め事

二の丑《うし》の夕餉《ゆうげ》に出したうなぎ茶漬けは大好評だった。

ただ茶漬けの具に蒲焼《かばや》きをのせただけでは面白くないので、二の丑の前日まで、やすはとめ吉《きち》と二人、あれこれと考えては試してみた。二人が納得して作りあげたうなぎ茶漬けは、飯の上に、細く切ったうなぎの蒲焼きと薄焼き卵を美しく盛り付けて、真ん中に梅酢に漬けた生姜《しょうが》を飾り、山椒《さんしょう》の実の佃煮《つくだに》を数粒散らして、そこに熱い鰹出汁《かつおだし》をかけて食べるものだった。刺身に酢の物、煮物と献立が進んだ最後にそれを出したところ、翌朝の出立の時にまでお客が話題にしてくれたらしい。まかないにも、蒲焼きを細かく切ってざっくりと飯に混ぜ込んだものに出汁をかける簡単なうなぎ茶漬けを出したのだが、男衆だけでなく女中たちまでおかわりが食べたいと言い出して、お櫃《ひつ》が空になってしまった。

「美味《うま》かった、うなぎ茶漬け」

政《まさ》さんまで褒めてくれて、やすの心は弾んだ。そんなやすの顔を見てから、政さんはニヤッと笑って言った。

「だが鰹出汁には、もうひと工夫あってもいいな。昆布《こんぶ》との合わせ出汁は試してみたのかい」

「へ、へえ、ですが、思ったほどの差が感じられませんでした。昆布は高いので無駄にはできません。はっきりと違いがないなら、鰹出汁だけでいいかなと。うなぎと鰹の匂《にお》いがかち合うのは気になったので、梅酢生姜を使ってみました」

「生姜を甘酢でなく梅酢に漬けるのは上方風だな」

「深川《ふかがわ》のおいとさんから教えていただいたんです」

「あれは悪くない。甘酢より酸味がたつ分、口がさっぱりするし、うなぎと鰹の魚臭《くさ》さが重なるところを、梅の香りでうまくいなしてあった。が、赤い色が出汁に溶けて色がつくのを嫌がる客もいるかもしれない」

「へえ……」

「梅酢生姜は別添えにして、小皿で出してもいいんじゃないか。それなら飯に色がうつるのを嫌がる客は別々に食べられる」

やすは、ハッとした。飯の上に飾りつけることにこだわり、赤い色が欲しいと思ったので梅酢に漬けた生姜を使ったのだと政さんに見破られた気がした。確かに二つの魚の匂いが重なってくどく感じ、それを生姜と梅の香りで消せると思いついたのだが、同時に、黄色い卵と茶色のうなぎの上に赤い色があればとてもひきたつ、と思って内心得意だったのだ。

料理には、作り手が満足感を得られることよりも、食べる人がくつろいで幸せを感じることの方が大切だ。飯に色がうつるのを嫌う人というのはいるものだ。ましてや上から出汁をかければ出汁に梅酢の赤が溶け、茶漬け全部が薄い赤に染まってしまう。

「はは、そんな顔をしなくていいぜ。客には好評だった、なんで梅酢漬けの生姜を飯にのせたんだと怒った客なんかいなかった」

政さんは、やすの頭をぽんと叩《たた》いた。

「だがな、そういう客がいるかもしれない、ってことは、考えておく方がいい。上方では馴《な》染《じ》みのある梅酢漬けの生姜でも、こっちではまだあまり知られていない。甘酢に漬けた生姜には色はついていねえだろう、あれに馴染んでる客なら、赤い色がついてるってだけで、なんだか気持ちが悪いと思うかもわからねえんだ。人ってのは面白いもんで、これは珍しいものですぜ、とあらかじめ言われていれば、自分の知ってるものと違っていてもむしろそれを喜ぶんだが、何も言われずに馴染んだものと少し様子の違うものを出されると、なんだか居心地が悪くって、ぞわっとしちまうもんなんだ。

おやすも知ってる通り、上方では心太《ところてん》に蜜《みつ》や砂糖をかける。こっちでは醤油《しょうゆ》と辛子だ。白砂糖をまぶして出す店もあるが、江戸でも品川《しながわ》でも、心太には醤油をかけるのが当たり前だ。俺《おれ》はどっちも食ってみて、どっちも悪くねえな、と思ってるんだが、醤油と辛子でしか食ったことがなかった人が、蜜をかけたものをいきなり出されたらどう感じるか」

「……とまどうと思います」

「そう、とまどっちまうよな。食べてみても、素直に美味いと思えないかもしれねえ。新しい味ってのはそういうもんなんだ」

「へえ」

やすはうなずいた。

「そこまできちんと考えてませんでした」

「梅酢漬けの生姜は悪い考えじゃない。だから別に添えて出せばいい。色合いの点では飾りに使いたいところだが、代わりに色を添えるものを考えてみたらいい。土用でなくても構わねえじゃないか、紅屋《くれないや》の名物に、うなぎ茶漬けをしてみようじゃねえか」

やすは顔を上げた。

「うちの、名物に！」

「平賀源内御仁《ひらがげんないごじん》は土用の丑の日と決めていらっしゃったが、なあに、うのつくものを食べるのが丑の日なら、土用でなくたってかまやしねえだろ」

政さんは笑った。

「ひとつ、考える糸口になればいいんだが、おやす、赤もいいが緑もいいもんだぜ」

「……緑」

政さんはそれだけ言うと、やすが何か言うのを待たずに背中を向けてしまった。


緑。そうか、赤い食べ物はそんなに多くないけれど、緑のものなら考えられる。やすは、自分の頭を自分の拳《こぶし》でコツンと叩いた。細い葱《ねぎ》の青いところを小口に切って散らしても綺麗《きれい》だ。でももう少し何か……そうだ、三つ葉！　三つ葉芹《ぜり》があった。どうして思いつかなかったんだろう。水元《みずもと》の早出しの三つ葉なら、柔らかくて生のまま飾っても、熱い出汁をかければすぐにしんなりとするので、口の中でがさがさしない。三つ葉の香りは案外強くて、きっとうなぎや鰹の匂いに負けない。緑色も綺麗だし、葉の形が愛らしいので、丼《どんぶり》の中で目を惹《ひ》いてくれる。

やすは頭の中で、緑色の三つ葉が飾られたうなぎ茶漬けを思い描いた。

紅屋の新しい名物料理に。やすの胸は高鳴った。

❖

とめ吉に味噌《みそ》を塗りたくる嫌がらせをした輩《やから》がお縄になった、とやすが知ったのは、夕餉の支度に取り掛かったばかりの時だった。知らせを受けて番頭さんが出かけたと、部屋付き女中のおはなさんが教えに来てくれた。

「やっぱり、あたしが小耳に挟んだことが決め手になったんだよ」

おはなさんは、少し嬉《うれ》しそうな顔でやすに耳打ちした。

「詳しいことはまだわからないんだけどさ、相模屋《さがみや》のお女郎の、桔梗《ききょう》、って人も番屋に連れて行かれたらしいんだよ。多分その桔梗って子が、うちの若旦那《わかだんな》のお相手だよ」

やすは何も言わずにいた。まだ本当のことは何一つわかっていない。曖昧《あいまい》な話に迂《う》闊《かつ》に相槌《あいづち》を打ちたくなかった。

「若旦那が桔梗を身請けする約束でもしてさ、それを反故《ほご》にしたんじゃないかしらね。それで桔梗が怒って、半端者に金をやって紅屋に嫌がらせさせたんだよ。でも捕まって良かった。とめちゃんのことがあってから、あたしらだって外に出る時はびくびくしてたもの。小僧だから味噌で済んだけど、あたしらだったらてごめにされちゃったかもしれないしね」

夕餉の支度の最中に、やはり知らせを耳にした平蔵《へいぞう》さんもその話題を口にしたが、政さんがとり合わなかったので、平蔵さんも口を閉じた。やすは、政さんが、とめ吉のことを心配しているのだと思った。とめ吉はまだ子供だけれど、大人の話は耳をすませて聞いている。軽々しく口を出さないだけの分別のある子なのだ。そのとめ吉が、自分にひどいことをした輩が捕まったらしい、という話に関心がないはずはない。が、何もかもまだ噂《うわさ》に過ぎない。番頭さんが帰ってくれば、ちゃんと話してくださるだろう。

だが番頭さんは、客の夕餉が終わる頃《ころ》になっても戻って来なかった。

賄いを食べる頃になれば男衆や女中がかわるがわるやって来る。食べながらの話題と言えば当然、とめ吉に味噌を塗った輩のことになる。

やすは、奉公人たちが夕餉を食べ終えるまで、鍋《なべ》や釜《かま》を抱えてとめ吉と井戸端にいることにした。夏の夜は外の風が気持ちいい。蚊遣《かや》りの中に乾いた松葉を詰めて火をつける。煙がもくもくと出て、蚊を遠ざけてくれる。

鍋を磨きながら、やすはとめ吉の里の話を聞いていた。とめ吉が紅屋に来てしばらくは、里心がついてはかわいそうだからとそうした話は避けていたが、この頃はとめ吉の里の話、家の話をよく聞いている。とめ吉は口数の少ない子だったが、親やきょうだいのことはよく喋《しゃべ》り、そうして喋ると元気が出るのか、よく笑うようになることに気づいたのだ。

「それでその、水屋のひげじいが泥鰌《どじょう》すくいの名人なんです」

とめ吉は、ざるを手に泥鰌をすくい捕る真似《まね》をして見せた。

「こうやって、ひょい、ひょいとすくっちゃうんです。おいらがいくら真似してもすくえないのに、あっという間に何十匹も。でもひげじいは欲張りじゃないんで、おいらのびくにたくさん流しこんでくれるんです。家に持って帰るとおっかあが囲炉裏《いろり》に鍋をかけて、野菜と一緒に泥鰌を煮るんです」

「美味《おい》しそうね。それもお味噌の味？」

「へえ。おっかあはなんでもかんでも、味噌といて煮ちまうから」

醤油も江戸や品川では気軽に買えるようになったが、田舎に行けばまだ贅沢《ぜいたく》な品である。大豆で作った味噌で、ほとんどの料理を味付けてしまうのは珍しいことではなかった。

とめ吉の里がある中川村《なかがわ》は、大きな村だ。街道が通っているので人の行き来も多く、野菜や米もとれる。とめ吉の実家はそこそこに広い土地を持つようで、それほど貧乏というわけではなさそうだったが、それでも百姓の暮らしはとても質素だ。その質素な日々の中で、とめ吉はのびのびと育っていた。とめ吉の話に出て来る村の人や、とめ吉の兄や姉たちも、みな善《よ》い人たちのようだ。もちろん、この世が善人ばかりということはあり得ないし、中川村にも偏屈な人や意地悪な人はいるだろう。中には悪いことをする人だっているかもしれない。けれどとめ吉は、そうした悪意に触れることなく育って来たようだった。やすはそんなとめ吉のことが、時々、とても羨《うらや》ましくなる。

やす自身は、子供の頃の思い出と言えば、ひもじかったことばかり。物心ついた頃には父親が博打《ばくち》におぼれていたので、毎日毎日、食べるものを探していた記憶しかない。

だがそんな過酷な日々の中にも、よく思い出してみれば楽しみはあった。長屋のおかみさんたちはみんな優しくて、ひもじい思いをしていたやすと弟に食べ物をくれたし、弟と二人、捨てられた魚を拾いに船着場のあたりを歩いていて、真っ赤な夕陽《ゆうひ》が海を照らす素晴らしい景色を見たこともあった。とめ吉にしても、あえて口には出さないけど、辛《つら》かったことや悲しかったことはたくさんあるのだろう。

鍋がみんな綺麗になって、二人は台所に戻った。奉公人たちの夕餉は終わっていて、政さんとおしげさんが向かい合ってお茶を飲んでいた。

「あら、あんたたち、早くご飯をお食べ。もう噂話が好きな連中はいなくなったからね」

おしげさんがやすに目配せする。

やすはとめ吉に飯を盛ってやり、二人して空樽《あきだる》に腰掛けて夕餉を食べた。

「おやす、今夜はとめちゃんを早く寝かせておやり。その子、食べながらあくびしてるよ」

おしげさんが言うと、とめ吉は恥ずかしそうに顔を伏せた。やすは、とめ吉があくびをかみ殺したのを知っていたので、すぐにうなずいた。

「とめちゃん、ご飯終わったなら、今夜はもう寝ましょう」

「けど、おいら片付けを」

「そんなもん、いいんだよ」

おしげさんが言う。

「あたしらがやっとくから」

「そんなわけには」

「とめ吉、いいからもうあがれ」

政さんも言った。

「今夜はちょいと包丁を研いでやろうと思ってるんだ。片付けはついでにやっとくから、二階に行って寝ろ」

やすはとめ吉を連れて二階に上がり、浴衣に着替えさせて布団に寝かせた。少しの間様子を見ていると、とめ吉はすぐに寝息をたて始めた。

そっと階下に降りる。おしげさんが袖《そで》まくりして、椀《わん》や皿を片付けていた。

「わたしがします。おしげさん、もう一杯お茶をいれましょう」

「いいからやらせとくれ」

おしげさんは笑った。

「あの子にあたしらでやっとくと言っときながらおやすにやらせたんじゃ、あたしゃ嘘《うそ》つきになっちまうよ」

「そんなこと。とめちゃんに、嫌な話を聞かせたくないって気をつかってもらってすみません」

「あんたが謝ることじゃないだろ、あんたはとめ吉のおっかさんじゃないんだから」

「へえ」

「まあいい、三人でやっちまえば早く終わる」

政さんは笊《ざる》に皿や椀を積み上げた。

「久しぶりに皿洗いして来よう」

「政さん、わたしが」

やすが追いかけようとしたが、おしげさんに袖をひかれた。

「まあいいからさ。実はね、ちょっと前に番頭さんが戻ったんだよ」

やすは外に出るのを諦《あきら》めて、おしげさんの横に立って片付けを始めた。

「あんたももう知ってるだろうけど、とめ吉に悪さした奴《やつ》は捕まった。と言ってもね、とめ吉のことで捕まったんじゃないんだよ。もともと人相書きが回ってるような男だったのさ。八丈島《はちじょうじま》帰りの男でね、いろいろと細かい悪さをしてる奴だったらしいよ。人を殺したとか大店《おおだな》に押し入ったなんて大それたことはやってないようだけど」

「相模屋さんのことは……」

「ああ、それも知ってるのかい。相模屋に桔梗ってお女郎がいるんだが、その桔梗におかぼれしちまった男がいてね。番頭さんの話だと、仙台屋《せんだいや》の三代目らしいんだけど」

仙台屋は北品川の旅籠《はたご》だった。そこそこに大きな宿だが飯盛旅籠で、旅人よりも江戸から遊びに来る客の方が多いだろう。羽振りはよく、颶風《ぐふう》の被害も少なかったので、品川の旅籠の中でも儲《もう》かっている宿として知られている。その三代目ともなれば、妓楼《ぎろう》で遊女と遊ぶくらいの金は持っていて当然だ。

「桔梗って子は、相模屋でも一、二を争う売れっ子らしいんだよ。しかも気位が高くて、客を断るので知られてるんだってさ。仙台屋のぼんでも、金だけでは思いが通らなかった。まあ妓楼の売れっ子といい仲になりたいんだったら、何度かふられてもめげずに通ってお金をつかって、度量の大きいところを見せてやれって話だろう？　なのにそのぼんは、自分がふられるのは桔梗に思いびとがいるせいだと思いこんじまって、その相手が、うちの若旦那だと勘違いしたんだってさ」

おしげさんは声を低めた。

「まあそんな勘違いされるくらいだからさ、若旦那が相模屋に通ってたのは間違いないだろうし、桔梗の馴染みだったのもそうなんだろうね。だけどまあ、若旦那に限って、桔梗を身請けしようとかなんとか、そんなことはあり得ないよ。夫婦《めおと》養子と言っても若女将《わかおかみ》は大旦那様の親戚筋《しんせきすじ》から嫁に来た人で、若旦那よりも紅屋の身代には近い人なんだから、その若女将を裏切るような真似はできやしない。強いて言うなら後継ぎがいないからねえ、どこぞにおめかけを囲って後継ぎを、って話にならないとも限らないけど、もともとが養子なんだから、別に血にこだわる必要ないものね、どこかの大店の、出来のいい次男三男坊でも養子にもらうのが当たり前で、お女郎を身請けしてってのはどう考えてもおかしいだろ。つまり、勘違いからとばっちりを受けちまったんだよ、若旦那は」

「それでその、仙台屋の息子さんがおたずね者を雇って嫌がらせを……」

「そういうことみたいだよ。まあ仙台屋のぼんが素直に認めるとは思えないし、仙台屋としては息子の不祥事だからね、なんとかしてもみ消そうとするだろうし。捕まった男にしても、どこまで本当のことをしゃべるやら。おたずね者だってことだから、また八丈島に流されるんだろうけど、島から戻ったらまた仙台屋にたかれるなんて考えてりゃ、恩を売ろうとするかもしれないよ」

「……とめちゃんは、その男の顔をあらためさせられるんでしょうか」

「どうだろうねえ。番頭さんは、もうとめ吉にこれ以上怖い思いをさせたくないからって、とめ吉は下手人の顔を見てない、子供なので何も覚えていないと申し上げておいた、と言ってたけど。実際、怖くて顔をほとんど見てなかっただろうしね。しかも年寄りのような髭《ひげ》をつけてたらしいじゃないか。顔をあらためさせられたって、とめ吉には何も言えないだろうさ」

「だったら、もうとめちゃんには何もさせないであげてほしいです」

「そうだね、番頭さんもそのつもりだと言ってるよ。……だけど、ちょいと困ったねえ」

「何がでしょう」

「人の噂さ。相模屋の桔梗と、うちの若旦那のことはきっと瞬く間に品川中に広まっちまう。しばらくは、あたしらも通りを歩けばひそひそ話の的にされるよ。ま、そんなもんは気にしたって始まらない、噂なんてものはほっとけばそのうち消えちまうからね」

そう言いながらも、おしげさんは憂鬱《ゆううつ》そうだった。

やすは、若旦那さまとはあまり話したことがない。若女将のおゆうさんとも、毎朝奉公人に挨拶《あいさつ》をする時にお顔を見るくらいだ。紅屋の台所は政さんに何もかも任されていて、番頭さんと政さんの二人がすべてを仕切っている。若女将は客部屋の一切を仕切っているが、実際には女中頭のおしげさんがほとんどのことを仕切ってまとめ、肝心なことだけ若女将に相談するという形らしい。それでも旅籠の女将は看板のようなもので、いつも粋な着物を着てきちんと身なりを整え、お客の出立には表に出て丁《てい》寧《ねい》に挨拶をしている。おゆうさんは小柄で色白で、いつも少し微笑《ほほえ》んでいるような顔をした綺麗な方だった。

ご亭主が妓楼のお女郎さんと町の噂になるというのは、さぞかし口惜《くや》しくお辛いことだろう。

政さんが洗った皿を笊に積んで戻って来た。

「だいたい、話しといたよ、おやすに」

おしげさんが言って、前掛けを外した。

「それじゃあたしは、そろそろ帰るからね」

「後片付け手伝っていただいて、すみませんでした」

「とめ吉はすぐに寝たのかい」

「へえ」

「あの子の耳には、下手人が捕まった、もう何も心配しなくていいってことだけ、入れてやったらいいね」

「へえ、そうします」

おしげさんが帰ると、政さんは包丁を研ぎ出した。

「政さん、もう遅いですよ」

「とめ公はあれでなかなか鋭いとこもある。包丁を研いでおくと言っておきながら、それができてなけりゃ変だと思うだろう」

「でも」

「いいから、おまえさんはもう上がって寝ろ」

「いいえ、研ぎ終わるまで見ています。政さんが帰ってから、心張り棒を戸に支《か》ってしまわないとなりません」

やすは、砥石《といし》の上に滑る包丁の刃を見つめた。

包丁研ぎは料理人にとって最も大事な仕事の一つだ。やすもこの頃ようやく、包丁研ぎをさせて貰《もら》えるようになったけれど、いつも政さんがそばにいて刃先を見守っている。

今、政さんが研いでいるのは、政さんが何より大切にしている柳刃包丁だった。柳刃は刺身をひく時にしか使わない。

やすは息を止めるほど緊張して刃先を見つめた。シュッ、という音が規則的に聞こえる。政さんの体には、力はあまり入っていない。力まず、無用な力を入れない。力を入れると刃と砥石の当たる具合が変わり、均一に研げない。

永遠にも思えるほどの時間が過ぎた。が、おそらく半刻《はんとき》も経《た》ってはいない。政さんは、柳刃と出刃を研ぎ終えて、ふう、と息を吐いた。

「菜切りはおやすが研いだんだったな」

「へえ、夕餉の支度を終えた時に手入れしておきました」

「なら今夜はこれで終《しま》いにするか」

政一さんは、包丁を丁寧にさらしにくるんだ。

「おしげはああ言ってたが」

政さんは、あがり畳に腰掛けて腕組みして言った。

「俺は若旦那のことを良く知ってるつもりでいる。若旦那が相模屋の桔梗にいれあげて通ってたってのは、どうも合点がいかねえんだ。若旦那は生真面目《きまじめ》なお人だし、おゆうさんとの夫婦仲もとてもいい。妓楼通いくらいは品川の旦那衆なら誰《だれ》でもすることだが、若旦那にそうしたそぶりはなかったんだ。それも含めて、仙台屋のぼんの勘違いじゃねえかと思うよ。まあそれでも、人の口に戸は立てられねえからな、しばらくは聞きたくない陰口が品川に流れて嫌な思いをするかもしれねえが、俺は若旦那を信じようと思ってる」

「へえ」

やすはうなずいた。

「政さんが信じるなら、やすもそうします」

「おまえにはおまえの考えがあっていい」

「どちらでもいいことです」

やすは言って、微笑んだ。

「この台所は、何も変わりませんから。世間の噂で紅屋の料理の味が変わったりはしません」

「それはそうだが」

政さんは苦笑いした。

「おやすは時々、妙に図太いなあ」

「へえ、やすは図太い女でございます。何にしても、とめちゃんがもう怖がらないでよくなれば、それが一番です」

「おまえさんも、怖い思いをしただろ」

「え?」

「髭の男のことだよ。おまえさんが話してくれた」

「ああ、そのことですか。へえ、あの人に、自分と会ったことは誰にも言うなと言われた時は、少し怖いと思いました。けどあの人のことはあれ以来、品川で見かけたことはありませんし」

「おやすには教えておくが、その男はおそらく、江戸の奉行所の手の者だな」

「江戸の奉行所？」

「南か北かはわからねえが、番頭さんの話では、奉行所から来たお役人が、下手人を江戸に連れてったらしい」

「お裁きは江戸でされるんですね」

「もともと、とめ吉に味噌塗ったから捕まったわけじゃねえからな。お白州《しらす》での吟味も、そのことについてはされるのかどうかわからねえな」

「とめちゃんにしたことは、罰せられないんですか！」

　政さんは曖昧に首を振った。

「きつく罰してもらいてえが、とめ吉に怪我《けが》はなかったしなあ。他の罪状に比べたら、おそらく、吟味するほどのことでもねえとされちまうだろう」

「なんだか……悔しいです。せめて一言でも、とめちゃんに謝ってほしい」

「俺も同じ気持ちだが、とめ吉の立場になってみたら、もう二度とそいつには会いたくないだろう。忘れることは一生できねえだろうが、これからとめ吉はどんどん成長して大人になるから、嫌な思い出も次第に薄れていくだろうよ。だとしたら、とめ吉はもう、そんなやつに会わない方がいい」

「それは……そうですね」

「ただ、とめ吉はばかじゃねえからな、黙ってはいても、女中の噂話なんかが耳に入れば、自分があんな目に遭ったのはなぜなのかと考えちまうだろう。まさか若旦那を恨んだりはしないだろうが、とめ吉の心に、若旦那に対する不信が植え付けられちまうのは困る。大旦那の後は若旦那がここを継ぐことになるんだし、とめ吉はこの先何十年もここで働くんだから、若旦那のことを信じて、若旦那の為《ため》にしっかり働こうと思ってて貰わねえとな」

政さんは立ち上がった。

「若旦那とはちゃんと話をしておく。おやすは、とめ吉の様子を気にしてみてやってくれ」

「へえ」

政さんが帰ると、やすは心張り棒を戸に支って、もう一度竈《かまど》の火が消えているのを確かめてから、行灯《あんどん》の火を吹き消した。二階へ上がる階段は真っ暗だが、二階の廊下に一つ、行灯が置かれている。最後に寝るのはたいがいやすだったので、それを消すのもやすの役目になっている。

とめ吉を起こさないようにそっと襖《ふすま》を開け、手探りで浴衣に着替え布団にすべり込んだ。暗闇《くらやみ》の中で目を閉じると、穏やかなとめ吉の寝息が聞こえて来た。

翌日からは、女中たちの噂話が気になった。とめ吉の耳に入れたくない話をするのではないかと、お八《や》つ時も賄いをみんなで食べる時も、やすは緊張して過ごしていた。出来るだけ自分から話題を出して、みんなが若旦那さまの噂話をしないように仕向けようとしたが、やすにできる話と言えば食べ物のことばかりだったので、いくら話題を出してもいつの間にか、他人の色恋の話へと変わってしまう。一郎《いちろう》さんのことも何度となく話題にのぼり、やすは背中に嫌な汗が出るのを感じていた。

「昔とは違うんだもの、相手がお武家様だってはなから無理、って決めることはないわよ」

女中の一人が、知った顔で言う。

「お金を積めば、形だけ養女にしてくれる武家なんかいっぱいいるわよ。それで体裁整えれば、おやすちゃんが天文方《てんもんかた》の家に嫁にいくことだって、できるかもしれないわよ」

「そんなこと、あり得ません」

やすは、自分が不機嫌になっているのを隠そうと下を向いて言った。

「山路《やまじ》一郎さまは、そんなご了見ではいらっしゃいません」

「だったらどんなご了見なのよ」

別の女中が、笑いながら言う。

「十日おきにやって来ては、おやすちゃんに文《ふみ》を渡すなんてさ」

「あれは、深川のおいとさんからの文です」

「そのおいとさんが、おやすちゃんとあの方の仲を取り持とうとしてるんでしょ」

やすは答えられなかった。おいとさんの考えは、正直なところわからない。

「いいじゃないの、あの方に惚《ほ》れてるんだったらそれで。見たところ、まさか遊びで町娘をつまみ喰《ぐ》いして、飽きたら捨てる、そんな外道なお侍じゃなさそうだし。まあ、格の高いお家だとしたら嫁ぐのは無理だとしてもさ、お側女《そばめ》にしてもらえたら一生、遊んで暮らせるんだし」

「やめなさいよ、あんた。おやすちゃんを側女にだなんて、そんなこと言うもんじゃないわよ」

「あらだって、格のある武家に囲われるんだったら、側女だって幸せじゃないよ。あたしだったら喜んでなるわよ。働かないで、いい着物着て、女中侍《はべ》らせて暮らせるのよ。しかも相手は惚れたお人でしょ。男の子を産んだらどうなる？　たとえその人が正妻を娶《めと》ったとしても、そっちに後継ぎが生まれなければ、後継ぎのご生母様よ。女としては大出世よ」

「天文方は上様じゃないのよ。大奥じゃあるまいし、後継ぎのご生母様って言ったって、側女は側女。変なこと言わないの。おやすちゃんは気立てもいいし、よく働くし、器量だって悪くない。料理は上手だしね、ちゃんと釣り合いのとれたいい相手と夫婦になって、普通に幸せになれる女なんだから」

やすは何も言わず、下を向いたままでいた。自分のことを話題にされているという気がしなかった。

「それにしても、上様にはまだお世継ぎができないのかしらね」

誰かが言う。

「もう三度目でしょ。今度こそ、お世継ぎ誕生じゃないかってみんな言ってたのに」

「ご老中の阿部《あべ》様が亡くなられて、上様も心細いでしょうね」

ご老中阿部さまは、水無月《みなづき》に亡くなられたと瓦版《かわらばん》で読んだ。ご老中、というお役目は、政《まつりごと》の中心である。お身体《からだ》があまりご丈夫ではない上様は、阿部さまを頼りにされていたと瓦版に書いてあった。一郎さんの話では、上様のお具合があまりよろしくないらしい。そんな時に頼りにしていた方を亡くされて、千代田《ちよだ》のお城におられる上様は、さぞや気落ちしておられるだろう。

　女中たちが喋り続ける声を背に、やすは裏庭に出た。夏の八つ時はまだ日が強い。手ぬぐいで頬《ほお》かむりして日を避《よ》ける。青紫蘇《あおじそ》を摘もうかと思ったが、こんなに暑い刻に摘んだのではすぐにしおたれてしまうだろう。水に放てばぴんとするが、水を吸わせ過ぎると香りが弱くなり、味も水っぽくなってしまう。青紫蘇を摘むのはもう少し涼《すず》しくなってからにしよう。

　やすはいつも腰掛けている平石に掌《てのひら》をあててみた。熱い。とても座れない。こんな暑さの中で外にいるのは、きっと体に悪いに違いない。だが中に戻る気にもなれない。とめ吉は政さんと出掛けている。平蔵さんはお八つを食べずに昼寝をするのが好きで、二階に上がって誰か男衆の部屋で寝ているのだろう。

　そうだ、浜に行ってみよう。海の水に足をひたせば、気持ちがいいかもしれない。波打ち際であおさでも拾えないかしら。

　裏庭から細い道が海に向かって続いている。その道の両側は草の原で、颶風の前には野の花が咲いていてとても気持ちのいい眺めだった。昨年、あたり一帯が潮につかり、泥に埋もれて、この春は花がまったく咲かなかった。海の際にあった松林も、颶風で枝が折れたり、根こそぎ倒れてしまった木もある。

その小道の脇《わき》には山椒の木が何本か立っていて、木の芽を摘んだり実をとったり、枝ですりこぎを作ったりと重宝していた。颶風のあと、それらの山椒もすべて倒れて枯れてしまったと思っていたけれど、よく見れば半分に折れていても新芽を出している木もあるし、落ちた実から芽吹いた小さな山椒も足元に見えていた。

夏の日差しに乾いた野原も、泥と枯れた草ばかりではなかった。ところどころに緑の草むらができていて、夏の花がちらほら咲いている。この分だと、秋の頃には彼岸花の赤い色もまた見ることができるかもしれない。

野原を直す大工はいないけれど、お日様と風と雨があれば、野原はいつの間にか生き返る。

やすは嬉しくなった。品川はもう大丈夫だ、と思った。

と、小道の彼方《かなた》、松林の手前に人の姿を見つけて、やすは立ち止まった。この道は、あまり人が通らない。先まで行っても松林にしか着けないし、途中で道を外れると野原に踏み込んでしまう。政さんは以前、松林の中に道具小屋を建てていた。松林で松露《しょうろ》を採ったり、松葉を集めたりすることが多かったので、鍬《くわ》だの籠《かご》だの、いちいち運んで行くのが面倒な物を置いておく小屋だった。その小屋も、高潮に呑《の》まれて跡形もなく消えてしまったけれど。

前にいる人の背中は、政さんのそれではない。横にとめ吉の姿もない。あれは誰かしら。

ならず者なら怖いな、と一瞬思ったけれど、よく見れば夏羽織は上物のようで、とてもならず者には見えなかった。商人の髪型をしていて、背丈はわりにある。

あの背中……なんだか見覚えがあるのだけれど。

……若旦那、さま？

やすがそう気づいたのと同時に、その人が振り返った。

「おまえは、おやすかい？」

やっぱり。若旦那さまのお声だ。

「へ、へい」

若旦那さまが近づいて来た。

「こんな暑いところで、何をしているのだい」

「は、浜であおさかわかめでも拾おうかと」

「浜でかい？　そんなの買ったらいいじゃないか」

「へえ、海に足でも浸して涼むついでにと」

若旦那さまは、声をあげて笑った。

「それはおやす、わたしと同じようなことを考えたね。けど残念だ、さっき海に足をひたそうとしてみたが、砂浜が熱くて熱くて、歩けやしません。あれでは海の水だって、浅いところはお湯のようになっているだろうね。とても、涼しくはなりませんよ」

ああ、やっぱりそうなんだ。やすは、石が火傷《やけど》をするほど熱くなっていたのを思い出した。海も同じなのね。波があるから少しは冷たいかと思ったのに。

「さあ、あの松林に入って涼もうか。こんなところに長くいたのでは、気を失ってしまう」

やすは若旦那さまの後について歩き、松林に入った。颶風でかなりの枝が折れ、遠くから見れば松がまばらに生えているだけに見えていたが、それでも何本かの松の木は、懸命に立って生き残った。潮が上の方の葉まで届いたらしく、古い葉はみんな潮枯れして落ちてしまったが、新しい葉がちゃんと揃《そろ》い始めている。

涼しいとまでは言えないが、いくらか日陰になって強い日差しを避けられる。若旦那さまは、倒れた松の幹に腰掛けようとした。

「あ、お待ちください」

やすは締めたままでいた前掛けをはずし、幹の上にかけた。

「松脂《まつやに》が付いているかもしれませんから」

「おお、ありがとう。しかしそれでは、おやすの着物が汚れてしまわないかい」

「わたしらの着ているものは、汚れてもいいようなものばかりです。そうでないと仕事ができません」

若旦那さまの上等な夏羽織に松脂が付いてしまったら大変だ。

若旦那さまは、それでも、前掛けの半分に尻《しり》をおろした。そして、空いているところをぽんと叩いた。

「ここにお座り」

「へえ、ありがとうございます」

腰をおろすと、若旦那さまと袖が触れ合うほどに近くて、やすは落ち着かなかった。奉公人であるやすにとって、若旦那さまは主人《あるじ》だった。同じ高さに座っていること自体、本来ならばゆるされない。

「ここはなかなかいいねえ。高潮に浸《つ》かる前は、もっと松が多くていい景色だったのだろうね」

「へえ。政さんもこの松林がお気に入りでした。ここに小さな道具小屋を建てて、松露を集める時などに使ってました」

「それも高潮に流されたのかい」

「へえ」

「品川の海は砂浜が少ない。ここにはその砂浜があるんだね」

「貝も獲《と》れます。あさり、はまぐり、おおあさりも」

「ここから見る紅屋は、なんだか知らない家のようだ。案外大きいものだね、こうして見ると。おやすはここに来て、何年になる？」

「八つの時に参りましたから……九年になります」

「おやすも、年が明けたら十八かい」

「へえ」

「すっかり娘らしくなったねえ。父、大旦那がすずめ屋さんからもらいうけたと連れて来た時には、痩《や》せこけていてとても小さな子だと思ったけれど。元はわたしも奉公人でね、十二で奉公に来てそのまま養子になった。嫁を迎えることになって、おゆうを初めて見た時、わたしは自分の幸運を神仏に感謝したい気持ちになった。まあ品川一の美人だなんて言うつもりはないが、とても好ましい様子をしていたし、頭も心根も良さそうでね。実際、その通りだったけれど。大雑把《おおざっぱ》に言っても、わたしは幸せにやって来たと言える。おゆうとはたまには喧嘩《けんか》もすることはあるけれど、心のすれ違いを感じたことはないし、紅屋の仕事は二人とも好きで、大旦那や大奥様にも可愛《かわい》がっていただいた。ただ……夫婦養子で入ったのに、子宝に恵まれない。それだけがね……おゆうは大旦那や大奥様に申し訳ないと気に病んでいる。表にはそんなそぶりは見せないが、江戸中の医者をまわったり、加持祈禱《かじきとう》にも随分と熱心だった。だがそのおゆうも、そろそろ三十代半ば。四十を過ぎても元気な子を産む女はいるが、初産で三十を過ぎるという話はあまり聞かない。おゆう自身、もう半ば諦めかけていて、そろそろわたしらも養子をもらうことを考えましょう、と言っていた」

やすは何も言わず、ただ聞いていた。

「大旦那も大奥様も、どのみち血筋など夫婦養子を貰った時点で絶えているのだから、気にしなくていいと言ってくださった。ただ紅屋の赤い幟《のぼり》が、この品川から消えてしまわないようにしてくれたら、と。そんな時だった。突然おゆうが、側女をどうか、と言い出した。わたしは驚いた。側女だなんて、そんなことは考えたこともなかった。わたしらは武家ではないんだから、血筋にさほどこだわる理由もない。何もわたしの子を無理に作らなくてもいいじゃないか。わたしは側女などいらない、そんな面倒なことをするつもりはないと言ったよ。いやわたしだって、そりゃ男だからねえ、花街品川で暮らしていれば、おゆうに内緒で女遊びをしたことが、ただの一度もないかと問われたら……けれどそれは、まあお互いに商売だと割り切っての遊び。今より若い時分には揚羽屋《あげはや》に通ったこともないわけじゃないが、その頃だって、同じ遊女のところに二度あがることはしまいと自分を制していた。金を払って遊ぶ相手でも、馴染みになってしまえば情がうつるからね。側女のことなど考えるより、それなら早く養子を貰う算段をしようと、おゆうに言った。ところがおゆうは……泣きながら言ったのだ……助けてやりたい娘がいるのです、と」

「それが……相模屋の」

若旦那さまはうなずいた。

「桔梗、という遊女だ。歳《とし》は二十四」

若旦那さまは、ふう、と息を吐いた。

「おゆうは、なぜか理由《わけ》を言おうとしなかった。ただ、ある事情からどうしても助けてやりたいのだと言うばかり。桔梗はこの頃売れ始めた子で、相模屋に来てまだ二年も経たない。そんな子を店が簡単に手放すわけもない。身請け話を進めても、下手をすれば紅屋の身代が傾くほどの銭がかかるだろう。到底無理な話だった。だがおゆうは諦めず、身請けが無理ならせめて顔を見に行ってやってほしい、一晩でいいから、客をとらずに桔梗がぐっすり眠れるようにしてやって、と頼むんだ。わたしは、わけがわからなかったが、とにかく相模屋にあがって桔梗を名指してみたよ」

いくらか涼しい風が、まばらな松林の中をすっと吹き抜けた。そろそろ刻が変わり、夕凪《ゆうなぎ》が訪れる。風の向きが変わる前のひと時、波が穏やかになる。

「桔梗はなるほど、売れているだけあって器量のよい女だった。それでいてどことなくぎこちない、素人女のような素朴さがあってね。ああこれは、この先ますます売れるだろうな、と思ったよ。こんな上玉を、平旅籠の養子なんぞに簡単に身請けさせてくれるわけがない。話を持ちかけたところで、目の玉が飛び出るような銭を求められ、なんだかんだとむしり取られた挙句に、やはりご縁がなかったようで、と体良く断られる、まあそんなところだろうな、と。もっとも相模屋は元々飯盛旅籠で、金を稼ぐ飯盛女は他にもたくさん抱えているが、かむろから育てあげたということはないだろうから元手はさほどかかっておらず、しかも揚羽屋と比べると客に若い侍が多い。桔梗を手放しても稼ぎ手には困らないだろうし、身請け話がそう頻繁に持ち込まれるわけでもないのかもしれない。だとしたら、案外、きちんと筋を通して申し入れれば、話が進むこともあるかもな、という考えも頭に浮かんだ。おゆうは、桔梗を助けたいと言っている。つまり身請けだけしてやれれば、別にわたしの側女にしなくてもいいわけだ。おゆうの願いをいったいどのくらいの小判があれば叶《かな》えてやれるのか、ちょいと探ってみてもいいか、と思ったのだ。それから何度か相模屋にあがり、桔梗を名指した。だが酒を飲んで芸者の舞やら楽しんで、あとは、今夜は疲れたからと、朝までの分の金を払って家に帰った。その時は、おゆうとどんなかかわりのある女なのか知らなかったが、自分の妻と何か因縁のある女と床を共にする気にはなれないからねえ。おまえさん相手に言い訳しても始まらないが、わたしは誓って、桔梗と床を共にしてはいない。しかし……世間様は、そんなこと信じてはくれないだろうね」

ははは、と若旦那さまは笑った。

「別に信じてくれなくても一向に構わないんだが。女郎一晩の銭をちゃんと払っているのなら、むしろ床を共にするのが当たり前。世間が噂するように、わたしが桔梗にいれあげて相模屋に通っていた、そういうことで何も困りゃしない。わたしにしてみたら、おゆうが本当のことを承知しててくれさえすればいい。たまたま今回、仙台屋のぼんがつまらぬことを考えて、それでうちの小僧さんがひどい目に遭わされた、そのせいで品川中に、わたしと桔梗のことが噂になった。とめ吉には本当に気の毒なことをした。しかし、噂なんてものは放《ほう》っておけばそのうちに消えちまうもんだし、女郎にいれあげたってのはみっともない話ではあっても、別段、お縄になるようなことではないからね」

「へえ。とめちゃんには、余計なことを耳に入れないように気をつけます。あの子は口数が少なくておとなしい子ですが、頭は良いです。万一、おかしな噂を耳に入れても、それで曲がったことを考えたりはしないと思います」

「一度、とめ吉とは直《じか》に話した方がいいかねえ」

「それは、とめちゃんにはむしろ、かわいそうかと。若旦那さまに直に話しかけられただけで、きっとあの子はがちがちになってしまいます。大丈夫です、折をみてわたしからとめちゃんに話します。それにとめちゃんはまだ、妓楼がどんなところかも知らないと思いますから。品川に来て、芸者さんが歩いているのを見て、お姫様が歩いていると勘違いして驚いていたくらいです」

「はは、それはまたうぶな。あの子は確か、十だったね。品川で育てば、男なら、十にもなったらお女郎に興味を持って、なんとかして妓楼の中を覗《のぞ》こうとするのもいるくらいだが」

「そのうちには男衆から、いろいろと知恵をつけられると思います。でもわたし、そうしたことはゆっくりでいいと思います。今度のことは、勘違いがあったのだと言っておきます。勘違いから若旦那さまが恨まれてしまったのだと。それは本当のことですし」

「仙台屋からは文が届いたよ。ぼんは三代目とは言え、まだ二代目の大旦那は健在でね。あの人も息子がお縄になって、これから大変だろうね。まあしかし、お叱《しか》りを受けるくらいで明日には赦《ゆる》されるだろうが。かなり小判を積んだという話もあるようだ。仙台屋はわたしに迷惑料を払いたいと書いて来たが、さてどうしたものか。そんな金は受け取りたくないのだが、ひどい目に遭ったのはとめ吉だからねえ。とめ吉の為に受け取って、それを里に送ってやったらどうだろうと考えている」

「お里の方々は、とても助かりますね」

「そうだろうね。だがなんとも、わたしはすっきりしない。金を受け取ってしまったら、赦したことになってしまわないかねえ。勘違いだろうとなんだろうと、わたしに恨みがあったのならわたしに悪さを仕掛けたらいい。なのに、あんな小さな子にひどいことをするなんて、卑怯《ひきょう》ではないか。まあいい、そのことはもう少し考えよう。ただね」

若旦那さまは、物憂いため息をひとつ、吐《つ》いた。

「わたしは……愚かなことをしてしまった」

「……愚かな……こと？」

「おゆうと桔梗との関係をどうしても知りたくて、我慢できなかった。いつかおゆうがすべて話してくれるだろうと思っても、知りたくてたまらなくなった。それで……人を雇って、調べさせてしまった……おっと」

若旦那さまが不意に立ち上がった。

「すっかりおやすの邪魔をしてしまったね。もうそろそろ、仕事に戻らなくてはいけないだろう？」

「へ、へえ」

やすも立ち上がった。

「申し訳ありません。すぐに戻ります」

「いやいや、引き止めたのはわたしだよ。もし台所の誰かに咎《とが》められたら、ちゃんとそう言いなさい。わたしの話し相手をしていたと。でも、おまえに聞いてもらって、ちょっとは気持ちが軽くなった。悪いが、今話したことは誰にも言わないでいてくれるかい」

「もちろんです。決して言いません」

「ありがとう。今度のことにおゆうがかかわっていることは、誰にも知られたくない。

話が半端になってすまないね。だがこれ以上のことは、今はまだ、誰かに話せるほどに自分の中でもまとまりがついていないのだよ。まだ番頭にも政にも、誰にも話していないんだ。約束しよう。半端に話してしまった以上は、この先のこともちゃんとおやすに聞いてもらう。もう少し待っておくれ」

「そんなこと、お気になさらないでください。やすの耳は、左から右に風が通ります」

やすは言って、自分の左耳の穴に指を入れて見せた。

「もう忘れました。やすはなんでもすぐに忘れてしまうのです。わたしのことなぞ、どうかもうお気になさらず」

若旦那さまが微笑んでうなずかれたので、やすは頭をひとつ下げると小道を早足で紅屋へと戻った。自分の背中を若旦那さまが見ているのだと思うと、背が強張《こわば》るような気持ちになる。

忘れなくては。若旦那さまは、誰にも言えない苦しさについ、話してはならないことを話してしまったのだ。やすは何も聞いていない。何も憶《おぼ》えていない。それでいいんだ。

三　一郎さんの憂鬱

若旦那さまの話したことを忘れてしまうことなど、できるわけがなかった。けれどやすは、忘れた、と自分に言い聞かせ、考えないようにして過ごした。とめ吉には、勘違いから若旦那さまを恨んでしまった者がいて、その者が紅屋に嫌がらせしようとならず者を雇ったのだ、と話してやった。

「だから、とめちゃんは本当に何も悪くないし、若旦那さまだって悪いことはひとつもしていないのよ。ならず者は捕まって、ほかにも悪いことをしていたので江戸でお裁きを受けることになったの」

「江戸のお白州でお裁き……し、死罪になるのですか」

とめ吉は怯《おび》えた声で訊《き》いた。自分にひどいことをしたならず者であっても、死罪になどなって欲しくはない、と、とめ吉の優しい心が言っている気がした。

やすはとめ吉の頭をそっと撫《な》でた。

「さあ、どんな悪いことをしたのか知らないからわからないけれど、おしげさんは、八丈島に流されるだろうと言ってました。なのできっと、死罪にはならないでしょう」

　とめ吉は、ほっとした顔になった。

「おいら、悪人でも死罪は怖いです。品川に奉公に出ると決まった時、兄さんが言ったんです。品川の近くには鈴《すず》ヶ森《もり》があるから、刑罰を受けて死んだ者の幽霊が出るかもしれないぞ、って」

「あらあら、弟を怖がらせるなんて、いけないお兄さんね」

「四郎《しろう》兄さんはいつも、そんなことばかり言っておいらを怖がらせるんです。おいらが怖がりだから、からかうと面白いんだ」

　とめ吉はむくれた顔をした。やすはとめ吉の頭を撫でた。

「確かに鈴ヶ森は近いけれど、わたしもあそこには行ったことがないの。打ち首や磔《はりつけ》、火《ひ》炙《あぶ》りを見世物にするなんて、わたしは好きになれない」

「どうしてそんなものをみんなに見せるんですか」

「さあ、きっと、見せしめのためでしょうね。悪いことをすると、最期はこんなに悲惨なのだと見せることで、悪いことをする気を失わせる、とか。でも、いくら磔を見世物にしたところで、磔になるような悪人はいなくならない。なんだかそれって、悲しいというか、むなしいことのように思える。あ、ごめんなさい。とめちゃんにしょうもないことを言ってしまった」

「おいらもおやすちゃんと一緒です。おいら、磔とか火炙りとか、見たくないです」

「そういう気持ちでいるなら、きっと大丈夫よ。幽霊がとめちゃんの前に現れたりはしない」

「へえ。そうだといいと思います」

とめ吉は、情けないような顔で頭《かぶり》を振った。

「兄さんたちは、おいらの肝っ玉が小さいと笑うんです。おいら、怖がりなんです、ほんとに」

「怖がりなのは悪いことじゃないと思う。怖いと思うのは、用心しているからでしょう。用心深くて慎重な人ほど怖がりなのよ。いいじゃないの、怖がりでも。お勝手で働くのに肝っ玉の大きさなんか、関係ないもの。むしろ慎重な方がいいこともある。火も包丁も、間違えれば大変なことになる。火事を出したり大怪我をすることもあるのよ。それに台所では、口に入れると毒になるものも扱う。きのこや魚の毒で命を落とすことだってある。政さんがいつも言ってるわ。料理人は臆病《おくびょう》で慎重な方がいい、って。大胆で向こう見ずで、自信がある料理人ほど、取り返しのつかない間違いをやらかすんだ、って」

「おいら、間違いをやらかさないようにします」
「そうね、やらかさないよう、二人で頑張ろうね」

人の噂も七十五日。どんな噂でも、季節が変わる頃にはみんな忘れてしまうという。新しい季節がやってくれば、新しい噂が流れ出す。朝顔が咲き、すいか好きな女中のおはなさんでも境橋《さかいばし》まですいかを買いに行くのに飽きた頃、ようやく若旦那さまと相模屋の桔梗の話も耳に入って来なくなった。もちろん世間では、若奥さまのおゆうさんは、ご亭主に浮気をされた気の毒な奥さん、という扱いで、まさかそのおゆうさんが、若旦那さまに桔梗を身請けさせようとしたなどと思う者は、おそらく一人もいなかっただろう。

暑い夏も次第に勢いを弱め、秋の気配が忍び寄るようになると、東海道《とうかいどう》を行き交う人の数も増える。旅には秋がいい。山々が次第に色づいて見た目が楽しく、歩いて汗をかいても風が冷たく心地よい。何よりも、食欲が増して何を食べても美味しく感じるようになる。

七十五日は過ぎていないけれど、文月《ふみづき》が終わる頃には嫌な噂もすっかり消えて無くなった。

暑いうちはさすがに一郎さんの足も遠のいた。一度、おいとさんからではなく、一郎さんから文が届いた。勉学と剣の稽古《けいこ》に励んでいること、夏の間は父上さまと天文観察を続けており、そのため夕刻早くには天文台にあがらなくてはならないこと、だから品川には行けないことなどが書いてあり、早くお会いしたい、と結んであった。

四角ばって生真面目な、一郎さんらしい筆だった。やすはその文字を見て、胸のあたりがぎゅっと縮むような痛みをおぼえて当惑した。

月に何度も一郎さんが顔を見せていた時には、正直、少し持て余してしまうような困惑があった。が、逢《あ》えなくなってみれば、この寂しさはどうだろう。

一郎さんのお顔が見たい。お顔を見て、星のことや空のこと、雲のことを話したい。話を聞きたい。

自分がそう思っていることで、やすは狼狽《ろうばい》した。それは、抱いてはいけない気持ちなのだ、とわかっていた。

身分違いの恋などして、苦しみたくはなかった。

やすはその文を、宝物箱にしまった。お小夜《さよ》さま、おあつさまからの文もそこにしまってある。

文月の終わり、消えかけていた暑さが一時《いっとき》ぶり返した夕刻。

やすは裏庭に打ち水をしていた。撒《ま》いた水で小さな虹《にじ》ができた。あ、虹。思わず手を伸ばしたとき、指の先に一郎さんの姿を見つけた。

「おやすさん」

一郎さんは、ほんの少し見ない間にとてもおとなびていた。

「一郎、さん」

「お久しぶりです。夏の間、ここに来られなくて残念でした」

「あ、あの……麦湯を召し上がりますか？」

「あ、はい。いただきます」

「中にお入りください。台所ですが」

「いや、そこの平らな石に座ります。あそこから海のほうを見ながら」

やすは麦湯を湯飲みに注《つ》いで、平石に座っている一郎さんに持って行った。

「ああ、香ばしい。麦湯は美味しいですね」

「お好きですか」

「はい。でもうちでは作らないので、たまに屋台で飲みます」

煎茶《せんちゃ》は高価なので庶民の家ではあまり飲まない。麦湯は、大麦を炒って煮出して作る濃い色をした飲み物で、大麦は安いので、庶民はもっぱら麦湯である。特に夏場は、収穫したばかりの麦を炒って作るので麦湯が美味しくなる。紅屋でも奉公人は冬には番茶を飲むが、夏は麦湯になる。

が、山路家ではやはり、煎茶なのだろう。

「今日は随分と暑いですね」

「へえ、夏の残りがくすぶっているようです」

「おいとさんのところに寄らなかったので、文を預かっておりません」

「へえ。急ぐ用なら、どなたかに頼んで届けてもらうでしょう」

「今日は、わたしの用があってここまで来ました」

やすはうなずいたが、内心、少し怖かった。一郎さんは、何を言うためにわざわざ品川まで来たのだろう。

もうお会いできません。きっと、そう言いに来たのだ、とやすは思った。お父上さまに諭されたのだろう。それも当然だ。天文方の嫡男《ちゃくなん》が、旅籠のお勝手女中に会いに通うなどとは、正気の沙汰《さた》ではない。

それならそれで、いいのよ。やすは思った。その方がいい。これ以上こんな関係が続いたら、わたしはきっと勘違いしてしまう。抱いてはいけない夢を抱いてしまう。なぜか泣きたくなったけれど、やすはそれを堪《こら》えた。一郎さんは優しい人だ。やすの涙など見てしまえば、別れの言葉を口に出来なくなるかもしれない。

やすは黙って一郎さんの次の言葉を待っていた。が、一郎さんはなかなか口を開かない。

黙っているのに耐えられなくなり、やすは顔を上げて言った。

「さきほど、虹を見ました」

「え？」

一郎さんが空を見上げる。

「この天気に、虹ですか。それは珍しいな」

やすは、ふふ、と笑った。

「打ち水をしました時に、柄杓《ひしゃく》から飛び出した水の先に、小さな虹が見えたのです」

「ああ、なるほど」

一郎さんは言って、ぽん、と拳で掌を叩いた。

「そういう虹ですか」

「あの虹と、空の虹とは別のものなのでしょうか」

「いいえ、同じものですよ。空の虹も、雨の水が天にかかってそこに生まれます」

「綺麗ですね、虹」

「はい、綺麗です。空にあるものはなんでも綺麗だとわたしは思います。だからわたしは、空が好きなのです」

「よいお家にお生まれになりましたね。天文方であれば、生涯、空を眺めて暮らせますね」

一郎さんは黙って下を向いた。それからそのまま、ぼそり、と言った。

「わたしは……この頃、わからなくなってしまいました。天文方の家などに生まれたことが、良かったのか、悪かったのか」

「悪かったなどと、そんなことは決して言ってはなりません。一郎さんは、ご自分の幸運をわかっていらっしゃらないのです。次に生まれて来る時は武士の家に、と願っている男子《おのこ》はたくさんいます。ましてや天文方という、代々幕府に重用されるお役目を受け持つ名家の嫡男にお生まれになるなどとは、皆が羨み、憧《あこが》れるご身分ではありませんか」

「……空を眺め、星を眺めて記録をとり、算術を用いて暦を作る。その仕事自体は好きなのです。ですが……昨夜わたしは、父と激しく言い争いをしてしまいました」

「まあ……」

「父の頭の中は、山路家の存続のことで一杯です。父は暦のことより幕府のことより、徳川様のことよりも、山路の家のことしか考えていないのです。わたしは幼い頃より父に厳しく躾《しつ》けられ、父に言われた通りに算術や語学を学びました。黒船来航後は、和蘭《オランダ》の言葉だけではなく、えげれすの言葉も懸命に学びました。それらはみな、天文のため、新しい暦を作るためだと思っていました。年が明けたら正式に、天文方の見習いとしてお城に上がることにもなっています。そうしたことすべてを、わたしは疑いなく受け入れ、父の期待にこたえようとして来ました。それなのに……父は、わたしに許嫁《いいなずけ》をと言い出したのです」

「許嫁……」

「確かに、武家では幼い頃に許嫁が決まっていることは珍しくありません。わたしも来年は十八、許嫁をと言われてまだ早いと断る歳ではないことも、承知しています。ですが、わたしには……わたしには……想《おも》う人がいることは、父に伝えたつもりでおりました」

やすの心の臓が激しく鳴り出した。

「今すぐになどと言ってはいないのです。一人前の天文方と認められてからでいいのです。けれど、想う人と一緒になりたい。……身分の違いなど……そんなもの……」

「いけません、一郎さん」

やすは言った。言った途端に涙がこぼれた。

「それ以上は、何もおっしゃらないでください。やすは……聞きません」

やすは両の掌で両の耳を塞《ふさ》いだ。

「わたしのことが……嫌いですか」

掌で塞いだつもりなのに、どうして聞こえるのだろう。

なぜ、一郎さんの声が聞こえるのだろう!

「父がわたしに押し付けようとしているのは、親戚の娘なのです。父は、大叔母《おおおば》に逆らえません。大叔母は曽祖父《そうそふ》徳風《よしつぐ》の娘です。徳風という人は、山路家を天文方に押し上げた人で、山路の家は徳風の功績を誇りにしています。大叔母は徳風の偉功を盾にして、山路一族の中で力を持っている人です。そして大叔母は、自分の娘をわたしと一緒にするよう、父に命じたようです。……わたしにわからないのは、なぜ父は、わたしの気持ちよりも大叔母の言うことを大事にするのだろう、ということなのです。わたしには想い人がいると知っているのに。わたしは、父がわたしの品川通いを許してくれた時に、わたしの気持ちを汲《く》んでくれたのだと思いました。わたしは決して、山路の家に恥じるような行いはしておりません。わたしはただ、想う人を大切にしたい、それだけです。身分違いはわかっています。でも、おやすさん、それは決して越えられない壁ではないと思います。手立てはいくらでもあります。きちんと手順を踏み、焦らずに人々を説得し、祝福してもらえるように進めていけば……おやすさんから料理を奪うつもりもありません。武家に嫁いでも、料理を教えている奥方はいらっしゃいます。旅籠のお勝手では働けなくても、料理を続けていただくことはできるはずです。駄目でしょうか。わたしのことが嫌いなのでしょうか。わたしは……わたしは……あなたのことが好きなのです。あなたと夫婦になりたい。あなたが承知してくだされば、どんなことをしてでも父を説得する覚悟があります」

いつの間にか、やすの掌は耳を離れ、顔を覆っていた。嗚咽《おえつ》が細く漏れて、夏の名残りの風に溶けていく。

こうなる前に。もっと早くに、お別れをしておけばよかった。

どうしたらいいのだろう。

嫌いです。あなたのことなど嫌いですと、言えばいい。でもそれは……嘘だ。

一郎さんは今、心の底にあるものをさらけ出して想いを打ち明けてくださった。それに対して嘘で返すことなど、できるはずがない。この先に待っているだろう困難や苦しみを避けたいが為に、自分を守りたいというだけの為に、嘘を口にして逃げるのでは、あまりにも卑怯だ。

「……時を……くださいませんか」

やすは、ようやっと声を絞り出した。

「あまりに突然で……考える時をいただけませんでしょうか」

「わかりました」

一郎さんが立ち上がった。

「麦湯をご馳走《ちそう》さまでした。今日はこれで、失礼いたします。お気持ちが決まるまで、いつまでもお待ちいたします」

一郎さんが、律儀に一礼した。だがやすは、座ったまま下を向いていた。

一郎さんが裏庭を出て行く気配だけ、やすは目を閉じて感じていた。

四　虹とぶた

やすは、心の痛みをどうすればいいのかわからずに過ごしていた。時が欲しいと一郎《いちろう》さんに言ってみたものの、時をいくら費やしても、考える余地などないことはわかっていた。

一郎さんは、身分の違いをあまりにも軽く考えている。確かに手立てがまったくないわけではないだろう。この頃《ごろ》では武家の家に商家の娘が嫁ぐことはそう珍しくなくなっているし、逆に商家に武家の三男、四男が婿《むこ》入りすることもあると聞いている。が、いずれも商家の側は大店《おおだな》で裕福である。たとえば、百足屋《むかでや》の娘であったお小夜《さよ》さまがお武家に嫁ぐというのであれば、百足屋の財力でいかようにも体裁を整えることができただろう。

だが、旅籠《はたご》のお勝手女中で父親に売られた娘、頼りになる身内のいないやすのような娘が武家に嫁ぐことなど、できるできない、という話ではなく、してはならないことだとやすには思える。たとえどんな手立てで体裁を整え、引き受けてくださる武家の養女となって身分を変えてごまかしたとしても、それで何もかもうまくいくはずがない。何よりも、そんな嫁をとった一郎さんご自身が、しなくていい苦労を背負うことになるだろう。

一郎さんのお気持ちは嬉《うれ》しい。嬉しくて嬉しくて、このまま命が絶えてしまってもいい、と思うほど嬉しい。けれど、そのお気持ち自体が、年若い一郎さんの若さゆえの勘違いなのだ、とやすは思う。やす自身、少し前に生まれて初めての恋心を抱いたことがあった。今でも思い出せば胸が少し熱くなり、痛くなる。けれどあの気持ちは、だからと言って想《おも》う人の嫁になりたい、と願うようなものではなかった。想う人が嫁をとられたと知った時には心が波立った。が、自分がその代わりになりたいとは思わなかった。やすにとっては、想うということと、その人の嫁になる、ということとは、同じではない。一郎さんのことは、想っている。お慕いしている。一郎さんと一緒にいると、胸が高鳴る。嬉しい。その気持ちは本当だ。でも、嫁になりたいかと問われたら……問われたら。

ふと、春太郎《はるたろう》さんのことが思い出された。愛《いと》しい人と、数日でもいいから一緒に暮らしたい。春太郎さんは、その為《ため》に命も惜しまなかった。

あれが本物の恋心なのだ……きっと。

そして自分が今感じているこの想いは、もっと幼い、淡いものだ。

何もかも捨て、命すら惜しまずに想うことなど、今の自分にはできないだろう。

どうしたら、一郎さんを傷つけずにわかっていただけるだろう。

ざあっ、と音がして、夕立が来た。雷も鳴り出した。

「わあっ」

とめ吉《きち》がしゃがみこんだ。

「ごめんなさい、おいら、おいら雷様が怖いんです」

とめ吉は震えながら頭を両手で覆っている。

「大丈夫、大丈夫」

やすはしゃがんで、とめ吉を抱きしめた。

「夕立だから、すぐに終わるわ」

勝手口の戸は開けたままだったので、裏庭に降り注ぐ雨の激しさが見てとれる。

「こりゃすげえな」

平蔵《へいぞう》さんが、心配そうに外を覗《のぞ》いた。

「政《まさ》さん、これじゃ濡《ぬ》れねずみになっちまう」

政さんは、品川《しながわ》の主だった料理人が集まる寄合に出ていた。寄合は相模屋《さがみや》で行われていたが、料理人たちは夕刻から忙しくなるので、その前には終わるはずだった。

「まだ相模屋さんにいるんじゃないでしょうか」

「それならいいけどな」

外が一瞬明るくなり、ひと呼吸おいて、ピシャッ、ドンガラドーン、と大きな音がした。

「近くに落ちたたな」

平蔵さんが言うと、とめ吉はすすり泣き始めた。

「こら、とめ公。雷くらいで泣いてんじゃねえよ。屋根のある家の中にいるんだから、怖くなんかねえだろうが」

「へ、へえ。すんません。すんません。けど、おいら、おいら、雷様が怖くって怖くって」

やすは腕に力を入れてとめ吉を抱き、背中をそっとさすってやった。

「いいのよ、いいの。怖いんなら怖くていいの。もうすぐ終わるから、もうちょっと辛抱しようね」

激しい雨音が続いて、時々雷光が台所を青白く照らす。ゴロゴロと石を転がすような音、ピシャッと激しく叩《たた》くような音がして、そのたびにとめ吉がビクッと震える。が、雷光の間隔が少しずつ空いて、落雷の音も次第に遠のいて行った。ついに、雨音も聞こえなくなった。

「やんだかな」

平蔵さんが戸口から外を覗き、上を見上げた。

「やんだな。陽《ひ》が射《さ》してるぞ。おーい、とめ吉。もう大丈夫だ、雷様は行っちまったよ」

「良かったね。よく辛抱したね」

やすはとめ吉の頭を撫《な》でてから、それでもまだ腰が抜けたように座りこんでいるとめ吉を立たせた。

「とめちゃん、いいもの探しに行こう」

やすはとめ吉の手をひいて勝手口から裏庭に出た。

「いいもの、ってなんですか」

「とっても綺麗《きれい》なものよ。出てるかなぁ」

やすは空を見上げた。雨雲は消え、まるで夏に戻ったように強い日差しが照っている。

ぐるっと首をまわして、やすは空を見回した。

「あった！　とめちゃん、見てごらん！」

「……わあ、虹《にじ》だ！」

海の上に、虹が出ていた。とめ吉が虹を指差そうとしたので、やすはその指先をそっと自分の掌《てのひら》で包んだ。

「虹は指差すものではないそうよ」

「え？」

「どうしてなのかは、やすも知らないの。幼い頃にね、長屋のおばさんからそう言われたの。虹は指差しちゃいけないよ、って」

「虹は、なんであんな高いところにできるんですか」

「さあ」

やすは首を傾《かし》げた。

「なんでかしら。それも知らないわ。やすは、知らないことばかりね」

「おやすちゃんは、おいらより物知りです。虹にはいろんな色が見えますね」

「本当ね。とめちゃん、どんな色が好き？」

「おいら、浅葱《あさぎ》色が好きです。虹にも浅葱色みたいなのが見えます」

「あれは水浅葱かな。わたしはあの、朱鷺《とき》色が好き」

よく目をこらせば、虹にはいくつかの色があった。けれど、その数を数えようとしている間に、虹は薄れていく。

「消えちゃいますね」

「うん、消えちゃうね。でも見られて良かった。夕立のあとによく見えるのよ。雷様は怖いけれど、虹が見られるのなら夕立も悪くないでしょう？　夕立のあとは涼しくなるし」

「おい、おまえさんたち」

政さんが、手ぬぐいで頬《ほお》かむりした姿で現れた。

「あ、政さん。すごい雨でしたね。濡れませんでした？」

「ああ、通りの軒で雨宿りさせてもらってた。おまえさんたち、何してるんだい、裏庭で」

「へえ、虹を見てました」

「虹？」

政さんが空を見上げたが、虹はもう消えかかっている。

「あ、ほんとだ。もう消えちまうな」

「お茶でもいれましょう」

「麦湯はあるかい」

「へえ」

「だったら麦湯をもらおうかな」

三人は勝手口から中へと戻った。

やすはやかんに作ってあった麦湯を湯飲み茶碗《ちゃわん》についだ。

「会合の方は、どうでした？」

「ああ、まあ、いつもの通りだ。けど今回は、ももんじの料理についての話が出たよ」

やすは思わず顔をしかめそうになった。

獣の肉は、江戸では今や大流行だ。昔のように忌避する人もいるけれど、なんでも新しいものが大好きな江戸っ子には、獣の肉を食べることもすっかり受け入れられてしまったようだ。

だがやすはどうしても、獣の肉を料理することには抵抗を感じてしまう。

そんなやすの表情を見て、政さんは笑顔で言った。

「そんな怖い顔をするな、おやす。まだ当分の間は、紅屋《くれないや》でももんじを出すことはしねえつもりだ」

「へ、へえ……」

「ももんじは食い過ぎると腹にもたれると言われてる。旅籠の夕餉《ゆうげ》には、腹にもたれるような献立はふさわしくない。旅のお人は朝早く発《た》って長いこと歩く。だから朝餉はしっかり食べないと身が持たない。だから夕餉には、翌朝までにすっきりと腹ん中で消えちまうような、もたれないものを適度に出すのがいい。それに、腹がもたれると寝苦しくなって、朝になってもすっきりしねえ、寝が足りねえ、ってことになるからな」

「ももんじが薬になるという話は本当なんでしょうか」

「どうだろうな、けどそれはあながち嘘《うそ》っぱちじゃねえと俺《おれ》は思うけどな。江戸では薬売りの幟《のぼり》を立ててももんじの肉を売ってるしな。けどまあ、それも、昔は獣の肉を食うのは仏の道に背くことだと忌み嫌われたから、獣の肉を買う言い訳に、薬にするのだ、薬として食べるのだ、という体裁を整えた、ってのが本当のところだろうが」

「とめちゃんは、田舎《いなか》で猪《いのしし》の肉を食べたことがあるそうです」

「へえ、そうかい。それで、旨《うま》かったかい？」

政さんの言葉に、とめ吉は元気よく言った。

「へえ！　猪はうまいです！」

言ってしまってから、とめ吉は慌てて自分の口に掌をあてた。

「いけねぇ。里を出る時、猪を食ったことを喋《しゃべ》ったら駄目だって言われてたんだ」

政さんは、ははは、と笑ってとめ吉の頭を撫でた。

「構わねえよ。この頃じゃ、ももんじを食ったってのは自慢になるくらいだ。とめ吉の里では、よく食うのかい、猪を」

「おいらのおとうは鉄砲をやらねえんで、たまに貰《もら》った肉を食うだけでした。猪は畑を荒らすんで、罠《わな》を仕掛けて捕まえるんです。けど猪は罠にかかってもなかなか死なねえし、狸《たぬき》や狐《きつね》なら鍬《くわ》で殴って殺せるけど、猪だとそれも厄介なんで、猟師に撃ち殺して貰います。大人の猪はでかいんで、一頭仕留めたらみんなで肉を分けるんです。でもこの頃は、猪もいい値で売れるんで、肉を分けることが減りました。江戸から買い付けに来る人に売って、金を分けた方がみんな喜ぶんで」

「猪はどうやって食うんだい。やっぱり鍋《なべ》かい」

「へえ、鍋にします。牛蒡《ごぼう》や大根を入れて、味噌《みそ》入れて」

「旨そうだな」

「へえ、うまいです！」

「そうだよな、あれは旨い」

「政さんも食べたことあるんですか」

「あるよ。江戸の料理屋では、たまにだが、猪も出した。猪よりもっと旨いのが豚だ」

「ぶた？」

「薩摩《さつま》の名物だ。猪に似てるが、牙《きば》が小さくて猪ほど気性が荒くなくて、餌《えさ》をやって育てることができる。肉も猪より柔らかく、脂身が甘い。だが豚の肉は、それこそ滅多に手に入らねえからな。江戸の料理屋でも、一度塩漬けの肉がどこからかまわって来て、それを薩摩から来た料理人に教わって料理したことがあっただけだ」

「薩摩ではその、ぶた、をよく食べるのですか」

「もともと、豚を食うのは琉球《りゆうきゆう》の習わしだそうだ。薩摩は琉球に藩士を派遣している し繋《つな》がりも深いからな」

「ああ、そういえば、さつま揚げも元は琉球の料理でしたね」

やすが言うと、政さんはうなずいた。

「琉球というところにも、いろいろと面白い食べ物がありそうだな」

「政さん、琉球にも行ってみたいですか」

「ああ、行ってみたい。見たこと、食べたことがない食べ物があるなら、どこにだって行ってみたいよ。めりけんやえげれすにだって、行けるもんなら行きたいさ」

政さんの口調は冗談めかしてはいたが、いつものような江戸弁ではなく、かしこまったような調子だったのがやすには気になった。そこには政さんの本心がある、そんな気がしたのだ。

やはり政さんは、品川の旅籠の料理人でいるよりも、新しい食べ物を知ることができる料理人へと変わりたいのではないだろうか。政さんの紅屋への思いがどれほど強いかは、やすにもわかっている。が、それでも、政さんという料理人は、旅籠の台所で終わってしまうには、あまりにも大きい。才があり過ぎる。

もし政さんがそれを望むなら……広い世に出て、新しい料理を知って、より素晴らしい料理人へと昇っていく、そんな政さんを見たい。

やすはその時初めて、政さんが紅屋の台所からいなくなることを真面目《まじめ》に考えた。これまでは、政さんが江戸の料理屋に誘われているとわかった時も、ただただ、政さんと離れたくない、そればかりを思っていた。政さんの為には、江戸の料理屋で腕を振るったほうがいいのではないか、そう頭ではわかっていても、心がそれを受け入れなかった。

けれど、政さんが、行けるものならどこにでも行ってみたい、と思っている。そのことはやすにとって、とても重かった。政さんを紅屋に縛りつけておくことなど、誰《だれ》にもできやしない。きっと大旦那《おおだんな》さまだってそう思っているだろう。すべては政さんの気持ちひとつ。


「ところでな、おやす」

「へえ」

「前にもその話は出てるが、そろそろ、おまきの代わりに台所にもう一人、女中を入れてもらおうかと思ってるんだが。いやもちろん、おまきのように野菜に詳しい女中なんざ、探したってそういるわけがない。野菜に関してはこれからも、おまえさんに精進してもらうしかないだろうな。だがおまきが嫁にいき、おさきは近頃すっかり部屋付きの女中になっちまったから、その分おやすの仕事が増えて大変だ」

「へえ、でもわたしは大丈夫です。おまきさんのように、八百屋さんと渡り合えるほど野菜に詳しくはないですし、おさきさんのように、お米を扱わせたら誰より上手、というわけではありませんけど、とめちゃんも随分役に立つようになりましたし」

「女中が増えたらやりにくいかい」

「そんなことは。もちろん、手が多ければありがたいです」

「なんならおさきを台所に返してくれるよう、おしげに談判してもいいんだが」

政さんは頭をかいた。

「おしげと言い争いにでもなったら、俺には勝てる気がしねえからなあ」

「おしげさんは、おさきさんが気に入っているんですね」

「ああ、おさきは心根が優しい女だからな、ちょっとしたことでも客の身になって考えられるって、おしげが褒《ほ》めてたよ。だが米を扱わせたら、俺よりおさきの方が上手だった。おまきとおさきが抜けちまって、おやすばかり働かせることになっちまった。すまないと思ってる」

「とんでもないです。野菜のこともお米のことも、あらためて勉強することができました」

「まあとにかく、手が多い方が少しはましになるだろうから、女中を入れてもらう話は進めるが、いいかい？」

「へえ」

「一からいろいろ教えるんじゃ、かえっておまえさんの負担が増えるから、少しはお勝手女中の仕事を知ってる女を雇ってもらうことにするよ。だがどんな女中が来ることになっても、いいか、おやす。おまえはもうただの女中じゃない、料理人だ。おまえが女中をつかう立場なんだってことは、忘れるんじゃねえぜ」

「へ、へえ……」

「そんな顔をするな。難しく考えることはねえんだよ。おまえの仕事のうち、誰か自分以外の者に任せても大丈夫だと思う仕事を、その女中にさせればいいんだ。そしてとめ吉にはできねえ仕事をな。例えば、芋を洗うならとめ吉にもできるから、それはとめ吉の仕事。だが大根をおろすのは、とめ吉にはまだやらせたことがねえだろう？　だけどおやすがしなくても、他の誰かでもできる仕事だ。お勝手女中をやったことがある女なら、大根をおろすくらいのことはできるだろう。そうやって仕事を振っていけばいい。だが、料理によっては鬼おろしを使う方がいいこともある。鬼おろしを使ったことがあるかどうかをまず確かめてから、仕事を振る必要がある。そうやって、相手の力量も考えながら無理のねえように仕事を割り振る。そこが肝心だ」

やすは少し不安になった。とめ吉のように年が離れた子供なら、何を教えるにしても楽だった。自分が教わった時と同じことをしてやればいい。仕事を言いつけるにしても、とめ吉にできる仕事はどれとどれか、判断するのは難しくない。

だが、お勝手女中をしたことがある人に、とめ吉に対するのと同じ態度はとれないだろう。そしておそらく、新しく入って来る人は自分より年上だ。

ちゃんとその人の力量をはかって、無理のない仕事の振り分けができるだろうか。

何かを教えるにしても、その人の気分を害さないように教えることができるだろうか。

やすは少し憂鬱《ゆううつ》になった。仕事が多くて忙しいのは苦にならない。おまきさんやおさきさんがいないことで確かに仕事は多くなったけれど、今のところはなんとかやれているし、とめ吉も日に日に頼もしくなっている。このままでいい、と思った。正直、このまま四人で働いていたい、と。

けれどももちろん、人手を増やすには増やす理由がある。今は台所の仕事が四人で回っているけれど、四人のうち一人欠けたら、途端に状況が厳しくなる。とめ吉が寝込んだだけでも、水汲《く》みや皿洗い、竈《かまど》の灰の掃除など、けっこうな量の仕事をみんなで分担しなくては。もちろん政さんや平蔵さんが休めば大変なことになる。一日だけのことならなんとかできるだろうけれど、それが何日も続いたら。

そう考えると、人の手というものは、余りがあるくらいでちょうどいいのだ、と思う。

新しいお勝手女中が来ることで憂鬱になる自分のことを、やすは、嫌な人だ、と思った。そんな自分は嫌いだった。紅屋の台所は自分のものではないのに、いつから自分は、そんな偉そうなことを思うようになったのだろう。

　周囲はやすのことを、素直な子だと言ってくれる。紅屋に来た当初からそうだった。けれどやすは、自分の中に、素直ではない人が住んでいることを知っていた。それを見抜いているのは政さんだけだ。政さんは、やすのことを頑固者だという。それは正しい、とやすも思う。自分は頑固で意固地なのだ。そして、新しいお勝手女中のことを、自分の領分を侵すもののように思ってしまう、狭い心しか持っていない。

　やすは思わずため息をついた。とめ吉のように、本当に素直な子でありたかった。

「ため息なんかつくな」

　政さんは優しい目でやすを見た。

「心配しなくたって、おまえさんならうまくやれるさ」


　やすの憂鬱は、だが、新しいお勝手女中が来るかもしれないということだけが理由ではない。

　やすの胸の中にずっと、一郎さんのことがある。本当は、今すぐ日本橋《にほんばし》に走って行って、お小夜さまに全部打ち明けたかった。お小夜さまと話をすれば、自分の気持ちが整理できるような気がした。けれど、それはできない。赤子を育てたことはないが、神奈川《かながわ》で長屋にいた赤子の子守をしたことはある。生まれて間もない赤子は夜中でも目を覚まして泣いて乳をねだる。それが過ぎると、やがて夜泣きが始まる。乳が足りないわけでもなく、どこか痛いわけでもないのに、赤子は泣いて泣いて、母親を眠らせない。

もちろん、十草屋《とくさや》さんのところには女中がたくさんいるし、もしかしたら乳母《うば》も雇っているかもしれないから、お小夜さまはちゃんと寝ていらっしゃるだろう。だがそれでも、初めての子育てでお小夜さまはきっと、てんてこまいだ。毎晩、ひどく疲れていらっしゃるだろう。そんなお小夜さまに、天文方《てんもんかた》のご嫡男に求婚されました、なんて言えやしない。だって最初から、答えは出ているのだもの。悩む必要すらない。

なのに、この胸の重苦しさは……

いつまでも引き延ばしていては、一郎さんにも申し訳ない。答えは出ているのだから、きちんとそれを伝えなくては。

やすは、大きくまたため息をついた。政さんが頭をそっと撫でてくれる。政さんの掌は、やすの頭のてっぺんを丁度覆って、伝わって来る温かさがつむじから頭全体にゆっくりと広がっていく。それがとても心地良い。子供の頃から、政さんに頭を撫でられるのが大好きだった。けれどこの頃は、以前のように政さんがやすの頭を撫でることが減ってしまった。

考えたら当たり前のこと。やすはもう子供ではない。嫁にいってもいい年頃だし、子供を産んでいてもおかしくない。自分はいつまでも政さんにとって「こども」でいたいのに、それはゆるされないことなのだ。やがて政さんは、やすの体に触れることもなくなるのだろう。やすが、女、になっていくにつれて、政さんは遠のいていく。

おとなになんか、なりたくなかった。政さんに頭を撫でられて、抱き上げられて、拳骨《げんこつ》をこつんと落とされて。そんな日々は、もう永遠に戻って来ない。

「おやす」

政さんの声は、いつもより低く響いた。

「何か悩みがあるのかい」

やすは、いいえ、と首を横に振ろうとしたけれどそれができず、黙っていた。目の隅で、とめ吉が小豆《あずき》を選んでいるのが見える。

「おい、とめ吉」

「へえ」

「悪いが、裏庭で青紫蘇《あおじそ》を摘んで来てくれねえかい」

「へえ、何枚くらい摘みましょう」

「そうだな、あまり大きく育ってない、柔らかそうなとこを十枚ばかり、頼む」

「へえ」

とめ吉はすぐに立ち上がり、勝手口から外に出て行った。

とめ吉は口が達者なほうではないが、よく気のつく子だった。やすと政さんが、今から自分には聞かせたくない話をするのだ、ということがわかっている。やすは思わず微笑《ほほえ》んだ。とめ吉はきっと、優しくて頼り甲斐《がい》のある男に育つだろう。

「おまえさんが何を悩んでいるのか知らねえが、料理のことじゃないのはなんとなくわかる」

政さんが言った。

「料理のことで悩んでいる時は、おやすはどこか楽しそうだ。だが今は、とても苦しそうに見える。かと言って、新しい女中が来るのが嫌だとか、そんなことでもなさそうだ。そのくらいのことだったら、そこまで苦しげな顔にはならねえだろうからな。俺はおまえさんのことが心配なんだよ。そんな顔は、これまで見せたことがねえもんな」

「……すみません」

「責めてるんじゃねえよ。だから謝ることはない。ただ、俺に何か手助けできることだったら、遠慮しねえで言ってくれ。できるだけのことはしてやりたい」

やすは、涙が溢《あふ》れるのを止められなかった。

「わたしが悪いんです。……わたしがもっと早く……きっぱりとお別れしておくべきだったんです」

「……男と女のことかい。そんなら、俺よりもおしげの方がいい相談相手になりそうだな」

「答えは出ているんです。なので誰に相談しても、どうしようもありません。ただ……」

「ただ？」

「……胸が……痛くて」

「それはつまり、おやすの出した答えとやらが、おやすの心に反しているってことだな？」

「……わかりません。自分でも……わからないんです」

「だが、答えは出ているのにその答えが苦しいなら、それはおやすの望む答えじゃねえってことだろう」

「わたしは」

やすは、まな板の上に置かれた包丁を見つめながら言った。

「……二つのことを願っているのだと思います。でもその二つは、同時に叶《かな》うことのない願いなんです。どちらがより正しい願いなのか、それはわかっているんです。でもわたしは……叶わないほうの願いを手放すことが苦しいんだと思います」

「願いごとに、正しいとか正しくないとかあるのかねえ」

政さんが言った。

「同時には叶わねえ願いなら、正しいとか正しくないとかじゃなくって、どっちの方を強く願っているか、が大事なんじゃないかと、俺は思うがね。あるいは、どちらの願いが叶ったら、おまえさん自身に後悔が残らねえか、ってことじゃないのかね。一度きりしかない人生だ、後悔はできるだけしたくねえだろう？」

とめ吉が戻って来た。戸口のところで遠慮がちに中を覗いている。やすは笑顔になり、とめ吉を手招いた。

「とめちゃん、ご苦労さま」

「おう、なかなかいいのを摘んだじゃねえか」

とめ吉は嬉しそうに、笊《ざる》にのせた青紫蘇の葉を見せた。政さんが言いつけた通りに、大きく育ち過ぎていない、柔らかそうな若葉がきちんと揃《そろ》えて置かれていた。

「今朝炊いたしらすとこいつを混ぜて、夕餉の白飯に載せよう。しらすは朝餉に出すことが多いが、少し酒を飲んだあとで大葉と合わせたしらすを食べるのもいいもんだ」

朝一番にやって来た魚屋から、獲《と》れたてのしらすを買って新鮮なうちに釜揚《かまあ》げにしておいた。ふっくらとしていて、とても美味《おい》しそうだ。

「明日の朝餉には、しらすを玉子焼きに入れて出そう」

「わあ、美味しそう！　おいら、しらすの入った玉子焼き、大好きです！」

とめ吉が心から嬉しそうに笑う。とめ吉の里は海から遠かったので、品川に来て初めてしらすを食べたのだ。こんなちっちゃい魚なのに、目玉がちゃんと付いてるんですね、と驚いていた姿が思い出される。

とめ吉の、素直で柔らかな笑顔は、やすの胸の痛みをいっとき、忘れさせてくれる。そう。これもまた、幸せと呼べるひと時なのだ。自分の子でも弟でもないけれど、とめ吉はもうやすにとって、家族のようなものだった。そして政さんも、家族のようなものだと思っていたい。親しい人たちと一緒に台所で働く毎日。野菜、魚、卵。醤油、みりん、砂糖、塩。まな板と包丁。竈に水桶《みずおけ》。

やすは、そうしたものひとつずつが、好きだった。

答えは、出ていた。同時に叶うことのない願いならば、後悔のない方を。

どんなに辛《つら》くても悲しくても、より強く願う方を。

やすは、ようやく決心した。

五　おゆうさん

大川《おおかわ》の花火は毎年川開きの日に始まり、納涼の間は毎晩のように打ち上げられる。やすは一度も見に行ったことがないが、お小夜さまからは、ややこを見がてら花火見物にいらっしゃいと文《ふみ》でお誘いがあった。やすも、お小夜さまの産んだお子の顔が見たくて見たくてたまらなかった。が、夏は品川も毎晩賑《にぎ》わっていて、紅屋も連日満室が続いている。日本橋の十草屋に料理指南に行くことは、若旦那さまと百足屋のご主人との間で交わした約束だったので、行きたいと言えばおゆるしは貰えるだろうが、懸命に働いている平蔵さんやとめ吉に申し訳なくて、とても言い出せなかった。やす自身も、今はとにかく働いていたかった。お小夜さまに一郎さんのことを話したい気持ちは強かったけれど、答えが出た以上はもう、誰かに喋って迷いたくはない。

一郎さんも天文方見習いとして忙しい日々をおくっていらっしゃるのか、あれからひと月になるのに姿を見せず、おいとさんからの文もなかった。

お小夜さまのお子の名は、清太郎《せいたろう》と決まったと、文に書いてあった。お小夜さまは清太郎ちゃんの似顔絵も描《か》いていた。お父上によく似た、大きな目をした男の子らしい。髪の毛が束になって頭のてっぺんから上に立ち上がっているのが面白い。ふっくらとした頬に、口元が小ぶりなのはお小夜さまに似ているのだろうか。

季節はずれに暑い日が続いているので、夕餉には毎日、寒天を使った献立が出る。今夜は山芋をすって出汁《だし》と共に寒天で固めたもの。さっぱりとして喉越しもよく、お客の評判もいい。

「おいらの里には海がないのに、たまに海藻の塩漬けをもらうんです。塩出しして、煮固めて食べるんです。海藻は珍しいのでご馳走《ちそう》でした。でもおいら、あれはあんまり好きじゃなかった」

「あら、どうして？」

「醤油を少し入れてただ煮るだけなんです。それで四角い木枠に入れてそのまま置いとくと固まるから、それを切って出すだけで」

「美味しそうじゃないの」

「口ん中でもしゃもしゃするんです」

とめ吉は、顔をしかめて見せた。

「紅屋では、わかめならわかめ、とさかのりならとさかのり、とちゃんと分けて料理するのに、おっかあは混ざったまんま塩出しして、全部一緒に煮ちまうんです。ちゃんと分けないから、固いとこも混ざってるし、海藻以外の木屑《きくず》だとか砂だとかも入ってて」

「あらあら」

やすは言った。

「きっと、貴重な海藻なので少しも捨てたくなかったんでしょう」

「大雑把なんですよ、おっかあは」

とめ吉は言って笑った。

「菜っ葉に虫がついてても、気にしないで鍋に入れちまうし。虫も煮れば食えるから平気だよ、とか言って」

文句を言いながらも、とめ吉は母を懐かしむ顔をしていた。大雑把、ということは、おおらかということだ。きっと、ちょっとくらいのいたずらやしくじりは笑ってやり過ごしてくれる、優しい人なのだろう。

「口の中がもしゃもしゃするの、とめちゃんは嫌い？」

「へえ、なんか呑み込むのが大変で」

「どうやったら、もしゃもしゃしなくなると思う？」

とめ吉は少しの間考えてから言った。

「小さく切ればいいと思います」

「それじゃ今度、作ってみましょう。塩漬けの海藻を塩出しして、硬いところや砂をよく落として、細かく切ってから醬油で煮て、木枠に入れて固めましょう」

とめ吉の目が輝いて見えた。とめ吉は、日に日に料理への興味を増し、新しい料理を作ることを楽しんでいる。

「ちょっと、おやすちゃん」

女中のおはなさんが奥から現れた。

「あのねえ、若女将《わかおかみ》がちょいと風邪《かぜ》をひいたようなのよ。夕餉はおかゆでいいと言付かったんだけど、どんなおかゆにしたらいいかしらね」

「おはなさんが作られるんですか」

「おちよちゃんがいなくなってから、奥に女中おいてないでしょ、奥の料理は若女将が作ってらっしゃるのよ。でも自分が具合悪いのに、自分でおかゆを作れだなんて言えないものね。若旦那が、誰か奥で作ってやってくれないか、って」

「それなら、ここで作ってお持ちします」

「いいの？　お願いしちゃって」

「へえ」

「よかったあ。じゃお願いね。あとで取りに来るから」

「へえ。あ、お熱はあるのでしょうか。喉の痛みは」

「熱はそんなに高くないって若旦那が言ってたわ。少し喉が痛いんで、ご飯は呑み込みにくいだろうからおかゆにしてくれって」

「わかりました。作っておきます」

やすは、とめ吉に言った。

「とめちゃん、さっき選《よ》り分けてくれた割れ米をちょうだい」

割れた米は、糊《のり》を作るのに使うので別にしておく。

「糊を炊くんですか」

「いいえ、おかゆを作ります」

柔らかく炊いたおかゆは一見すると食べやすそうなのだが、実は米の形が残っていると案外口の中で潰《つぶ》れない。水気が多いので喉は通るが、米を噛《か》まずに呑んでしまうことになるので、病の時にはよくないのだと政さんが教えてくれた。かと言って、できあがったおかゆの米を潰すと、それこそ糊のようにもったりしてしまう。だから割れ米を使うのだ。

塩だけで炊いてもいいのだが、ほんの少し、舌でそれとわからないくらい出汁も入れる。熱がないのであれば味はわかるだろうし、何かを食べたいという気持ちもあるに違いない。

おかゆは時間のかかる料理だ。夕餉の支度の傍ら、火加減に気をつけながら見守る。卵はどうしよう。少しでも体に力をつけていただきたいので、卵も入れようか。でも喉が痛むのであれば、おかゆに入れた卵は硬くなるので食べにくいかもしれない。喉にするりと流し込めるように、お吸い物にしよう。少し片栗粉《かたくりこ》でとろみをつける。

梅干しも、欲しいと思うか思わないかわからないので、添えて出そう。種を取り、軽く叩く。みりんをひと垂らし。

とめ吉にあれこれと仕事をさせながら、やすは夕餉の支度を進め、若女将にお出しするおかゆも作った。平蔵さんが魚をさばき始め、政さんもいつの間にか包丁を握っている。毎日繰り返される台所の仕事。みんな自分の持ち場をしっかり守っている。やすは、この時がとても好きだ、と思った。このひと時を繰り返し、繰り返して生きていけるなら、それ以上望むことなど何もない。

夕餉の料理が膳《ぜん》に並ぶ頃に、おはなさんが若女将のおかゆを受け取りに来た。粥《かゆ》は白がゆにして、いろいろなものを小皿で別に添えた。梅干しを叩いてみりんを少し入れたもの、あさりの佃煮《つくだに》を細かく切ったもの。鰹節《かつおぶし》に醤油を混ぜて切りごまを入れて炒《い》ったもの。大根はおろして、醤油をさっと回しかけた。他に、溶き卵の吸い物。とろみをつけ、濃いめの出汁で。白がゆに飽きたら、上からかけてもいい。

よく熟れた真桑瓜《まくわうり》も、少しだけ膳にのせた。

「おかゆ、美味しそうです」

とめ吉が、おはなさんの背中を見ながら言った。

「おいらも風邪、ひきたいなぁ」

やすは笑った。

「何を言ってるの、とめちゃん。わざわざ風邪なんかひかなくたって、おかゆが食べたいならいつでも作ってあげますよ。でもね、とめちゃん、おかゆってお米を少ししか使わないで作るでしょ、だからすぐにお腹《なか》が空《す》いてしまうのよ。それでもいい?

夕餉がおかゆだと、夜中にお腹がへって眠れないかもしれないわよ」

「うーん」

とめ吉は真面目な顔をして考えてから言った。

「わかりました。おいらやっぱり、おかゆより白飯の方がいいです。白飯をしっかり食べて、朝までぐっすり寝たいです」

その日も夕餉はお客に好評だった。料理人へとおひねりまでいただいた。気分良く片付けをしていると、賄いを食べに来たおはなさんが言った。

「あのね、おやすちゃん。手が空いた時でいいから来て欲しいって若女将が」

「あの、何かありましたか」

「ううん、おかゆとっても美味しかったって言ってたから、そのことでおやすちゃんにお礼が言いたいんじゃないかしら」

「そんな、お礼だなんて」

「まあとにかく、行ってあげて。今夜は若旦那が寄合でいないし、大旦那さんと大女将はこの頃早寝なのよ。若女将、話し相手もいなくて退屈なんだと思うわ」

片付けながら大急ぎで賄いを食べ、やすは奥へと向かった。

大旦那さまのお部屋には入ったことがある。大女将が養生していらした時に看病にあがったこともあった。が、若女将の部屋に入るのは初めてだった。廊下から、やすでございます、と呼びかけると、どうぞお入り、と優しい声がした。

「おかげんはいかがでございますか」

「たいしたことはないのよ。ごめんなさいね、こんな格好で」

おゆうさんは、浴衣《ゆかた》で床に起き上がっていた。

「おかゆ、とっても美味しかった。ごちそうさま」

「食欲があって何よりです」

「本当にたいしたことはないの。ただこの頃……あまり眠れてなくてね。目眩《めまい》もあるし、ちゃんと休んでおかないとみんなにもっと迷惑かけることになりそうだから、休ませてもらったの。おやすの作るおかゆは、初めて食べたわね」

「お口に合いましたか」

「とっても。塩味に、ほんのりと鰹出汁が感じられたわ」

「へえ、少しだけ出汁も使いました」

「梅干しも味付けしてあったし、佃煮は細かく刻んでくれてたし。おやすちゃんは、本当にいい料理人になりましたね」

「ありがとうございます。もっともっと精進いたします」

「わたしは部屋のことばかりみているから、料理は政さんに任せっぱなしで、あなたともほとんど話す機会がなかったわね。でもこの頃のあなたの変わりようには、少し驚いていたのよ」

「へえ、やすはそんなに変わりましたでしょうか」

おゆうさんは微笑んだ。

「十七、十八は、女が一番変わる時ですからね。まるで蝶《ちょう》が蛹《さなぎ》から出て来たように、あなたは驚くほど綺麗になったわ。今のあなたなら、きっと良い縁談もまとめてあげられると思うのだけど。そのことでおしげとも何度か相談したんだけど、あなたにはその気がないようだと。本当に、嫁にいきたいとは思っていないの？」

「へえ」

やすは頭を下げた。

「このままお勝手女中として働かせていただければ、充分でございます」

「それは紅屋にとってはその方がありがたいけれど、女にとってはどうなんでしょうね。良縁に嫁いで、子供を産んで育てる、そうした当たり前の幸せが、あなたがそう望むのなら手に入るのよ」

「へえ。お嫁にいって母となる人生にも憧《あこが》れはあります。でもお勝手で料理をして、その道で生きていくことの方が、自分には合っていると今は思っております」

やすは言い澱《よど》むことなく答えた。もう迷わない、と決めている。

「そう」

おゆうさんは、また微笑んでうなずいた。

「おやすがそれでいいのであれば、もうしつこく言わないことにしますね。紅屋にとっては、おやすがずっと台所にいてくれた方がいいに決まっていますものね。ただ、人の心は変わることもあるものです。もしあなたが、嫁いで母になりたいと思う時が来たら、遠慮しないでわたしにでもおしげにでもいいから、そう言ってちょうだい」

「へい、そうさせていただきます」

「そのことはもういいとして」

おゆうさんは、浴衣のあわせを直し、姿勢を整えた。

「ここからは、どうか他の人には内緒にしてほしいの」

「へえ。やすは、口は堅いと思っております」

「そうでしょうね。信用していますよ。……ねえ、おやす。若旦那があなたに、何か言わなかった?」

「……へ？」

「何か……秘密を打ち明けたりはしなかった？」

「秘密というようなことは……」

やすはどぎまぎして、頭《こうべ》を垂れた。海辺の松林でのことは、やはり「秘密」と言えるのかもしれない。

「ああ、ごめんなさい。あなたは口が堅いのでした」

おゆうさんは、優しく笑った。

「若旦那に口止めされていれば、認めることはできないわよね。あなたを困らせるつもりはないのよ。ただ、先日ね、あなたと若旦那が二人で海辺にいたと、教えてくれた者があって」

やすは驚いた。どこに人の目があるかわからないものだ。

「あ、あの時は……」

「いいのよ、わかっているの。あなたには、どこか、人を包みこむような温かさがある。何か胸にしまいこんでいて苦しい時に、あなたに打ち明けてしまいたくなる、そんなところがあるわ。まだ若いのに、あなたと話していると、なんだかホッとする。若旦那もきっとそうだったんでしょう。あの人は……今、苦しんでいるの。それも私のせいで」

「あの、若女将、わたしは……」

「相模屋の桔梗《ききょう》のこと、聞いたのでしょう？　ああ、いいのよ、返事はしなくていいの。仙台屋《せんだいや》の倅《せがれ》が人を雇ってとめ吉に悪さをしたことも、もちろん知っています。でも、仙台屋の倅は勘違いしたのよ。若旦那は桔梗と恋仲なんかじゃない」

おゆうさんは、ふう、とため息をついた。

「すべては、わたしのせいなのです。悪いのはわたし。若旦那にはひとつも落ち度はありません。わたしが若旦那に、桔梗を助けてやってと頼んだから……桔梗はね……わたしの、妹なんですよ」

おやすは驚いて思わず顔を上げた。おゆうさんは、とてもお辛そうな顔をなさっていた。

「実の妹が女郎だなんて、世間に知られたら……大旦那様にも迷惑がかかります。世間はきっと、自分ばかり旅籠の若女将に収まって妹は苦界に見捨てたのかと、わたしを悪く言うでしょう。若旦那のことも、女房の妹が女郎だなんてと笑う人がいるかもしれない。さっさと桔梗を身請けして、縁談を見つけてやって品川から離れたところに嫁がせる、そうするのが一番いい方法だというのは、わかっているんです」

おゆうさんは、今にも泣き出しそうだった。

「わかっているのに……それができないの。桔梗は……あの子はわたしを憎んでいるんです。わたしがお金であの子を救おうとしても、あの子は拒否すると思います。本当のことを言いましょうね……わたしは、とめ吉のことは桔梗が仕組んだのではないかと思っています。若旦那が相模屋に通うようになったのを逆手にとって、以前からあの子にしつこく言い寄っていた仙台屋の倅をたきつけたのは、桔梗ではないか、と」

「そ、そんな……」

「わたしのせいなのです。桔梗がわたしを憎むのには、それなりの理由があるんです。どうしたらいいのか……どうやったら、桔梗を助けてやれるのか。今のわたしには、わからない。途方に暮れるばかりなんです」

六　桔梗

おゆうさんは、とてもお辛《つら》そうなお顔で、じっとご自分の前を見つめておられた。

やすはただ座って、おゆうさんが話し出すのを待っていた。

「実の妹ではあるけれど」

おゆうさんは、決心したように口を開いた。

「わたしと桔梗《ききょう》とは腹違いなんです。わたしの母はわたしが七つの時に病で亡くなりました。父は中山道《なかせんどう》の桶川《おけがわ》宿でたちばな屋という旅籠《はたご》をやっていたんです。おやすは中山道を歩いたことはないわよね」

「へえ。東海道《とうかいどう》に劣らぬ賑《にぎ》わいだと聞いています」

「その通りよ。中山道は坂本《さかもと》から軽井沢《かるいざわ》へと横川《よこかわ》を越えるのが少し難儀だけれど、東海道の大井川《おおいがわ》のような難所はないから、今でも上方に向かうのに中山道を使う人は多いわ。それに絹や紅花などが江戸に入って来る道でもあるし。中でも桶川は江戸からほぼ十里、朝から歩いてちょうど夕刻に辿《たど》り着く宿場なので、宿の数も多く、とても賑やかなところなの。たちばな屋もとても繁盛していて、わたしは何不自由なく育ててもらいました。それでもまだ七つの時に母を亡くして、寂しくてね。二年ほどして父が後添えをもらった時は、本当に嬉《うれ》しかった。それは綺麗《きれい》な人だったのよ、新しいおっかさまは。そしてすぐに妹が生まれました。名は……おまさ。桔梗の本当の名前です」

おゆうさんは、深くため息をついた。

「母親に似て、器量のいい子だった。わたしとは九つ違い、生まれたばかりの赤ん坊はそれはそれは愛らしくて、わたしは夢中になった。誰《だれ》に言われなくてもおまさの面倒はすすんでみたの。せっかく雇った子守におまさを渡すのが嫌で大泣きしたわ。おまえには習い事もあるんだから、赤ん坊の世話ばかりしていてはいけないとおとうさまに怒られたりして」

おゆうさんは、昔を懐かしむような笑顔になった。

「わたしがあんまりおまさを可愛《かわい》がるので、新しいおっかさまもわたしのことを大事にしてくだすったの。あの頃《ころ》は本当に……楽しかった。やがておまさは立って歩くようになり、かたことで可愛らしく喋《しゃべ》るようになり。わたしのあとをいつもついて来て、わたしが手習い所に行こうとすると泣いて袖《そで》を引っ張ったりしてね。こんな日々がいつまでも続くのだろうと、わたしは疑いもせずに暮らしていたの。けれど……新しいおっかさまはおとうさまより随分と年下で……後添えに来た時まだ二十歳《はたち》。おまさが七つになった頃には、もともとの美しさに妻の落ち着きも重なって、二十七、八の女盛り、本当に綺麗で桶川でも美人女将《おかみ》と評判になるくらいだった。そんな人だったから……仕方のないことだったのかもしれない。おとうさまは真面目《まじめ》一本の少し頑固な人で、娘のわたしから見ても面白みのない男だった。旅籠の仕事には熱心だったけれど、若くて綺麗なおっかさまが毎日楽しかったのかどうか……。おっかさまはね、よそに男ができてしまったのよ。そしてそのことがいつの間にか、町の噂《うわさ》になっていた。あの頃、わたしは十六、七、そうした噂を耳にしたらどういうことかわかるくらいには大人だった。でもわたしは信じなかった。信じたくなかった。もしあんなものを見てしまわなければ、わたしは誰が何を言おうが信じなかったでしょう」

おゆうさんの頬《ほお》に、すっと涙の筋が流れた。

「ある日、手習い所の帰りにね……なんとなくすぐに家に帰りたくなくて、神社の境《けい》内《だい》に寄ってしまったの。時々その境内には、町の子供たちが集まって鞠《まり》をついたりしていたから、誰かいたら入れてもらって一緒に遊ぼう、そのくらいのつもりだったのだと思うわ。でもその日は誰もいなかった。代わりに、おっかさまが木の幹に背中を預けるようにして立っていらした。わたしは声をかけて駆け寄ろうとして……おっかさまが笑顔になったのを見たの。わたしに向けたのではない笑顔のその先には、神社の奥から現れた知らない男の人がいた。わたしの足は、地面に貼《は》り付いたように動かなくなった。おっかさまとその男は……しっかりと抱き合って……そのあとのことはよく憶《おぼ》えていないのよ。気がついたら、わたしは自分の部屋で泣いていた。おまさが心配してわたしのそばにいたけれど、なぜなのかその時、わたしにはおまさのことが鬱陶《うっとう》しくて。そのことがあってから、わたしはおっかさまと口をきかなくなったの。意地悪な気持ちがなかったと言えば嘘《うそ》になるけれど、それよりも、本当に言葉が出なくなってしまったのよ。おっかさまの顔を見ると辛くなって、涙が出そうになって。そんなわたしの様子におとうさまも気づいてね。なんだかんだあって……おっかさまには三行半《みくだりはん》が出されてしまった。そういう時には子供は家に置いて出るのが普通なのよ。だからおまさは残るのだと思っていた。でもね……おとうさまは、おまさを連れて出るのをゆるしたの。子供をとられる母親をふびんと思ったのか、それとも、おまさのことまでもう、可愛く思えなくなってしまったのか。おとうさまのお気持ちはわからない。今でもわからないわ。ただ、人目を避けて夜が更けてから家を出て行くおっかさまの背中と、べそをかきながら振り返ったおまさの顔は、今でもわたしの心にくっきりと残ったままなの」

一気に話して、おゆうさんは深く息を吐いた。

「そのあとのことはよく知らないの。おっかさまはおまさを連れて、思い人と桶川を出たらしいのだけれど……結局、あの男はろくなものではなかったようね。おまさも苦労を重ねることになってしまった。でもまさか……お女郎になっていたなんて」

おゆうさんは手で顔を覆った。

「これまで、おまさが相模屋《さがみや》にいるなんて知らなかったのよ。年が明けてしばらくした頃のことだったかしら、大旦那《おおだんな》が品川《しながわ》の遊女を描いた美人画を何枚かお買いなさってね、それを見せていただいた時に、その中に描かれていた一人の遊女に驚いたの。それと言うのも、その桔梗という名の遊女は、首に黒子《ほくろ》が三つ並んでいた。首に黒子のある女は珍しくないだろうけれど、三つ、綺麗に並んでいる女が、そうそういるわけがない。おまさの首には、冬によく見える三つ星に似た黒子があった。おまさはわたしより九つ年下だから、今は二十四。描かれていた遊女も、ちょうどそんな年頃に見えた。わたしは本当に驚いて、実家に文《ふみ》を出したの。父はとうに隠居して、旅籠はわたしの従兄《いとこ》が継いでいるの。従兄はわたしが紅屋《くれないや》に嫁いでから、父の養子になった。父がわたしに跡を継がせなかったのは、わたしが桶川を出たいと言ったからなの。おまさとおっかさまが去ってから、わたしは町の噂にひどく傷つけられました。他人にとってみたら、そりゃあ面白い話なのでしょうね。人とはそうしたものだから、誰のことも恨んではいません。でもね、桶川で旅籠の女将になってずっと暮らしていくことは、わたしには辛すぎた。品川の紅屋の嫁にならないかというお話が来た時、わたしは嬉しかった。そんなだから、実家にはもう随分帰っていません。それでも従兄がいろいろ調べてくれて、おまさとおっかさまは、一緒に暮らしていた男とは随分前に別れたらしいとわかった。……間違いない、と思ったわ。相模屋の桔梗は、おまさだ、と。それでそれから桔梗に宛《あ》てて文を書きました。何とかして相模屋から身請けできないか、手を尽くしてみると書いたの。けれど桔梗は、その文を返してよこして、それには。……自分には姉などはいない。人違いだ、と。あの子は……わたしを恨んでいるんです。あの子と母親が追い出されることになったのは、わたしの告げ口のせいだから。告げ口をするつもりなどなかったのだけれど、何度もおとうさまに問いただされているうちに、神社で見たことを喋ってしまったから」

「で、でもそれは」

おゆうさんの落ち度ではありません、と言おうとしたが、やすの言葉は喉《のど》の奥にひっかかって止まってしまった。本当は誰のせいかなど、どうでもいいことだった。強いて言うなら、ご亭主以外の男を好きになってしまった女が悪いのだろう。が、人の心は手鎖で繋《つな》いだり閉じ込めたりすることはできないもの。はるか昔から、そうした道ならぬ恋に落ちてしまう女はいたのだ。そして、それを知った十六、七の娘が動揺し、黙っていることができなかったことなど責められるはずがない。黙っていれば正しい、というものでもない。

すべては、なるべくしてなり、それを防ぐことなど誰にもできなかった。誰に見られているかもわからない場所で、日が落ちぬうちに堂々と逢引《あいび》きをしていた桔梗さんの母御には、それなりの覚悟がすでにあったのだろう。

だが、信頼していた姉の告げ口で家を追い出されたと思い込んでしまった七つの娘が、恨みを抱いたこともまた、仕方のないことだった。しかも最後はお女郎になるところまで追い詰められたのだから、桶川を出てからの桔梗さんは、よほどの苦労をしたに違いない。

おゆうさんがご自分を責め、後悔に苛《さいな》まれていることを、あなたのせいじゃないんだからと簡単に慰めることなどできるはずがなかった。

あまりにも哀《かな》しい、とやすは思った。

相模屋は同じ品川にある。紅屋からは目と鼻の先。それなのに、可愛がっていた妹とおゆうさんの間は日本橋《にほんばし》と京《きょう》の都よりも遠い。

❖

台所に戻っても、しばらく憂鬱《ゆううつ》な気分が消えてくれなかった。やすが黙って仕事をしているのを心配したのか、とめ吉《きち》が不意に、やすのおでこに掌《てのひら》をあてた。

「おやすちゃん、おでこは熱くないや」

とめ吉はにっこりした。

「お熱がないなら、風邪《かぜ》ではありませんね」

「とめちゃん、心配してくれたのね」

「おやすちゃん、なんだか元気がないから」

「ごめんね、心配かけて。熱もないし、どこも悪いとこはないのよ。ただちょっと……胸が痛むことがあって」

「まさか、心の臓が悪いんじゃ！」

「ううん、違うの。心の臓も胃の腑《ふ》も悪くないし、シャクもないわ」

「おいらのおじさんは、心の臓の病で早く死にました。田舎の医者では、効く薬がもらえなかったって、おいらのおとうが言ってます。それでもおいらの村にはお医者がいないんで、お医者のいる町まで四里、おじさんを馬に乗せておとうが連れて行ったんです。けど、心の臓の病を治す薬はとても高くて、あってても買うことはできなかっただろうって。そのお医者で一番高価な薬は人参《にんじん》なんです」

人参、高麗《こうらい》人参はとても高価な生薬だ。まだ年若い娘が、病に倒れた親に人参を飲ませたくて飯盛女になった、などという話は珍しくない。

「でも心の臓によく効く薬は、人参より高いんだって。おやすちゃん、お医者に行かないで大丈夫ですか？」

「ええ、大丈夫。胸が痛いのは心の臓が悪いんじゃなくて、あんまり哀しい、切ないことがあったので、それでしくしくと痛いだけなの」

「どんな悲しいことがあったんですか。猫が死にましたか？」

「猫？」

「おいら、生まれてから一番悲しかったのが、猫のこたまが死んじまった時だったんで」

「こたまちゃん。かわいい名前ね」

「へえ、おっかあが可愛がってた、たまって猫が四匹仔猫《こねこ》を産んだんです。どれでも好きなのをおいらの猫にしていいって言われて、おいら嬉しくって。兄さんたちも姉さんたちも、みんな猫を持ってたから」

「まあ！　それじゃ、とめちゃんの家は猫だらけね」

「へえ、おとうは猫なんか食えねえし蚤《のみ》が湧《わ》くって言って、あんまり好きでもなさそうだったけど、おっかあは猫が好きで好きで。猫は鼠《ねずみ》を食ってくれるから、米だのなんだの食いもんを鼠にやられねえで助かるって。でも猫はすぐ病をもらって来て死んじまうんです。兄さんたちの猫も姉さんたちの猫も、長生きするのは少なかったです。おっかあは、自分の猫は自分でちゃんと面倒みないといけないって、餌《えさ》やって水を替えて、蚤も取ってやって、怪我《けが》して帰って来たら血止め草を揉《も》んで貼ってやったり。だからそれができる歳《とし》になるまでは自分の猫を持たせてくれなかったんで、おいら、ようやっと自分の猫が貰《もら》えることになりました。六つになった正月に、たまが仔猫を産んだんで、早く猫が欲しくて欲しくて。自分の猫なら雄《おす》がいいって。おっかあは、黒と白の、前足が白いのを選んだんです。自分の猫なら雄がいいって。おっかあは、雄猫は喧嘩《けんか》ばっかりするしションベンが臭いし、そのうちいなくなっちまうから雌《めす》にした方がいいって言ったんだけど」

「その猫が、こたまちゃんね」

「へえ。たまが産んだから、こたまです」

「さぞかし可愛かったでしょうね」

「へえ、そりゃもう、可愛かったです。おいら、こたまを胸の合わせから懐《ふところ》に入れて遊びに行ったくらいです。でもおっかあが言った通り、大きくなったらあまり家にいなくなっちまって。雄猫には縄張りがあるんで、それを毎日見回りするんだそうです」

とめ吉は、猫を思い出してか、寂しそうな顔になった。

「ある夜、こたまが出かけたまま朝になっても戻って来なくて。雄猫は何日も家を空けることがあるから、心配しないで待ってなさいっておっかあが言ったけど、おいら心配で探しました。でも三日経《た》っても戻って来ないし、家の近くにも姿がなくて。そうしたら……四日目の朝に、水屋のばばが……こたまの亡骸《なきがら》を見つけて持って来てくれました。おっかあが作ってくれた、裂いた木綿をよって作った首輪をしていたんで……おいら、その首輪に、とめきちのこたま、って姉さんに書いてもらってたんで……」

とめ吉は、ぽろっと涙をこぼした。

「こたまの腹には、嚙《か》みちぎられた痕《あと》がありました。山犬にやられたんだろうって」

やすはとめ吉の頭をそっと撫《な》でた。

「次の年も姉さんの猫が仔を産んだけど、おいら、仔猫を貰わなかった……こたまのこと、まだ忘れたくなかったし……そのうちに奉公に出るってわかってたんで」

「こたまちゃん、かわいそうだったね。でも、生まれてから死ぬまでの間、とめちゃんに可愛がられて大事にされて、きっと幸せだったと思うわ」

「人も猫も、いつか死ぬんですよね」

とめ吉は、小さなため息をついた。

「おいら、死にたくないなあ。死ぬってこと考えたら、怖くって。でも死んだらこたまに会えるのかな」

「猫と人とは、違うあの世に行くそうよ。でも、輪廻転生《りんねてんしょう》、という言葉を番頭さんから教えていただいたことがあるの」

「りんね？　てんしょう……」

「あの世、天上の世に辿り着く前に、死んだ者は生まれ変わって別の何かになるのだそうよ。真面目に信心して正しく生きて死ねば、いつかは生まれ変わりから逃れてあの世に辿り着けるけれど、それまでは死んでもまた、別の何かになってこの世に生まれ落ちる、という意味らしいの。難しいことはよくわからないけれど。その途中で、人でないものも人へと生まれ変わることはあると聞いたわ。こたまは猫だから、六道《りくどう》の中の畜生道にいるけれど、観音《かんのん》さまにお願いすれば、救われて人間道へと生まれ変わることもあるかもしれない。そうしたらいつかどこかで、こたまの生まれ変わりと出逢って仲良くなれるかも。今度お使いに行った時、一緒に観音さまにお願いしましょう」

畜生を救うのは馬頭《ばとう》観音さまだと番頭さんが言っていた。品川にも馬頭観音さまが祀《まつ》られた祠《ほこら》はある。

「でもおいら、おいらが猫に生まれ変わってもいいな」

とめ吉は無邪気に言った。

「猫はなんだか楽しそうで羨《うらや》ましいです。朝から日向《ひなた》で寝ていても誰にも怒られないし」

やすは笑った。

「でもね、とめちゃん、猫になってしまったら、自分で鼠を捕まえないと、冷や飯に残った味噌汁をかけたものしか食べさせてもらえないのよ。それに始終、蚤にくわれて痒《かゆ》い思いをしないといけない。お風呂《ふろ》に入ることもできないし、真夏で暑くても毛皮を脱げない。八《や》つ時におまんじゅうを食べさせてももらえない。それでもいい？」

「……痒いのは嫌です。まんじゅうが食べられないのも嫌だなぁ」

「せっかく人に生まれたのだから、人間道を生きて行きましょう。人には悲しいことや辛いことがたくさんあるけれど、楽しいことや嬉しいことだってたくさんあるわ」

「おいら、おやすちゃんが悲しくないほうがいいな。猫が死ぬより悲しいことが、おやすちゃんに起こりませんように」

とめ吉は掌を合わせて拝んでくれた。

猫が死ぬより悲しいこと。大切な何かを失うより悲しいこと。

おゆうさんは、おまささんを失ってしまった。それを取り戻そうとされたのに、桔梗さんに拒まれた。

それがどれだけ悲しいことか。哀しいことか。

やすの胸が、またずきりと痛んだ。自分には何もできない。そのことが重たかった。


それから少しして、やすは番頭さんから使いを頼まれ、北品川の鈴屋《すずや》という旅籠に向かった。鈴屋は遊郭のすぐ近くにあり、百足屋《むかでや》に並ぶかと思われるほど大きな旅籠だった。鈴屋の番頭さんに、紅屋の番頭さんから預かった文と風呂敷包みを手渡すと、皆さんでどうぞ、と、綺麗な干菓子の入った箱を渡された。口に入れるとすっと溶けて、口の中が涼しい感じがする和三盆糖《わさんぼんとう》だ。

勘平《かんぺい》が大好きだったお菓子。けれど高価なものなので、紅屋にいる間に何度食べられただろう。勘平も今や、大人の男の仲間入りをしているはず。干菓子が食べたいなどとは気楽に口に出せないかもしれない。

勘平は高潮の後の芝《しば》の大火で、人々を助けて活躍したと聞いたけれど、その後の消息がよくわからなかった。勘平がいた塾は、芝の大火で燃えてしまったらしいのだが、勘平はとても優秀で、大火の時の働きも認められ、武家の養子となる話が出ている、と聞いた覚えもある。

いずれにしても、もう勘平と会うことがあるのかどうか。奉公先の紅屋から逃げ出したあげくにそこを去った身、ひとかどの者となるまでは紅屋に顔を出すことなどできないだろう。

鈴屋から戻ろうとして、相模屋のある方角が目に入った。まだ客を入れる刻《とき》ではないので、提灯《ちょうちん》も消えているし、人だかりもない。

やすは、ふらりとそちらに足を進めていた。外から覗《のぞ》いたところで相模屋の中までは見ることができないし、ましてや桔梗さんの姿など見えるはずもないだろう。それでも、おゆうさんの打ち明け話があまりにも重く心に沈んでいたので、相模屋のことが頭から離れなかった。

相模屋は女郎屋ではなく、もともとは飯盛旅籠である。紅屋のような平旅籠《ひらはたご》ではなく、飯盛女と呼ばれるお女郎をおく旅籠だ。遊郭のお女郎に比べれば、飯盛女は自由に町を歩くことができるらしいが、桔梗さんがどのような形で働いているのか詳しいことはわからない。飯盛女は、元々は一つの宿に二人までとお上に決められていたはずなのに、次第にそうした決まりはなし崩しになり、この頃では何人もの飯盛女を抱える旅籠もあるようだ。相模屋は妓楼《ぎろう》としても知られていて、大きな宴会なども催すらしい。

土蔵のような白黒の海鼠《なまこ》壁が目立つ建物なので、土蔵相模と呼ぶ人も多い。

品川の旅籠や妓楼は、それぞれに客の層が違っている。幕府のお役人さま御用達《ごようたし》の店もあれば、商人に人気の店もある。相模屋は少々剣呑《けんのん》な客が多いと噂を聞いたことがあった。ご浪人さまや、脱藩浪士などが集まっているらしい。おそらく揚羽屋《あげはや》のような大妓楼と比べると、いろいろとかかるお代が安いのだろう。

店の前に立ってみたが、それで何がわかるわけでもなく、やすはため息をひとつついて引き返そうとした。

その時、その男に気づいた。

あれは！

味噌丸屋《みそまるや》の前でやすの腕を摑《つか》んだ、髭《ひげ》の男！

あの人は、とめちゃんをひどい目に遭《あ》わせた下手人を探す手伝いをしていたという人だ。もうあの事件の下手人は捕まったのに、なぜ品川にいるのだろう。

あ。

目が合ってしまった。

やすは下を向いて足早に行き過ぎようとした。が、髭の男はやすの行くてを阻むように立ちふさがった。

「先日は、どうも」

男の声は軽やかで、やすをからかっているかのようだった。

「妙なとこでまた会ったな。紅屋のお勝手女中が、土蔵相模に何か用かい」

やすは答えなかった。若旦那さまのこと、おゆうさんのこと、桔梗さんのこと、何も言うつもりはなかった。どうやら悪人ではないようだけれど、この人のことはあまり好きになれない。何より、目つきが鋭すぎる。お侍さまでもここまで目つきの鋭い人は見たことがない。

「なんだい、言葉を忘れちまったかい」

髭の男は笑いながら、やすに向かって手を伸ばした。やすは反射的にその手を避けた。

「なんて顔してやがるんだ。はは、あんたのことをとって食おうなんざ思ってねえから安心しな。まだ日のあるうちだ、こんな人通りの多いところで悪さなんかできやしねえよ。ところで真面目な話、あんたなんでここにいる？　飯盛旅籠の土蔵相模に、紅屋で用がありそうなのはあんたじゃねえだろう」

髭の男は笑顔をひっこめて囁《ささや》いた。

「若旦那から何か言われて来たのか？　それとも若女将のほうからか」

やすは下を向いた。表情を読まれそうだった。男はかまわずに続けた。

「仙台屋《せんだいや》のどら息子をけしかけたのは桔梗だ。あのうすのろが自分から人まで雇って紅屋に嫌がらせするなんざ、ちょっと思えねえからな。桔梗がどうして紅屋に恨みを抱いているのかも、まあ調べはついてるが、そんなことはどうでもいい。俺《おれ》が知りたいのは、どうして今になって桔梗がそんなことを企んだのか、なのさ。関係あるのかないのかわからねえが、相模屋に集まる浪士連中が何を狙《ねら》っているのか、そいつを探るのが俺の仕事だ」

「……そんなことをわたしなんぞに話してしまっていいんですか」

「あんたがどうするか、それに興味があるんでね」

「ど、どうするかって……」

「ぺらぺらと誰彼かまわず今聞いたことを喋るかい？　そんなことを喋っちまったら、今度は小僧じゃなくてあんたが狙われるかも知れねえぜ」

髭の男は、不気味な薄笑いを顔に浮かべた。

「そうなればなったで、あんたはいい囮《おとり》になる。だから喋って歩いてもらっても構わねえよ。逆に、誰にも言わずに口を噤《つぐ》んでいてくれるなら、それはそれで俺にとって何の害もねえからな。ま、どっちでもあんたの好きなようにしたらいい」

髭の男は言って、やすに背中を向けて歩き出した。

「ま、またどっかで会うだろうから、その時まであんたが無事でいることを祈ってるよ」

男の背中が遠くなるまで、やすは動くこともできずにその場に立っていた。髭の男の姿がまったく見えなくなると、膝《ひざ》の力が抜けて座り込みそうになった。往来の真ん中でしゃがんでしまったら人目につく。やすは膝頭が震えるのを堪《こら》えて歩き出し、地蔵が並んで置かれているところまで辿り着くと、近くの置石に腰をおろした。

人心地がつくまでどのくらいかかっただろうか。

意味もなく相模屋の前まで行ってしまったことが悔やまれた。自分には何もできないとわかっていたのに、どうして余計なことをしてしまったのだろう。いつまでもそうしてはいられないので、自分を叱咤《しった》してまた立ち上がった。ようやく紅屋の勝手口まで帰り着いた時には、涙がぽろぽろとこぼれ落ちていた。

七　新しい仲間

やすは、桔梗さんのことを頭から追い出すことにした。髭の男に脅されて怖かったこともその理由だったが、何よりも、自分にはどうにもできないことに首をつっこむのは思い上がりだ、と思ったのだ。千吉《せんきち》さんと春太郎《はるたろう》さんの時は無我夢中だったが、今にして思えばあの時の自分はやはり子供だった。結局千吉さんは品川を出て行ってしまい、二人が幸せになれたとはとても言えない状況だけが残っている。

おゆうさんがどれほどお気の毒だとしても、桔梗さんがおゆうさんと仲直りするかどうかは、姉妹お二人の問題で、他の誰も口が挟めるようなことではない。おゆうさんが本気で桔梗さんを苦界から助けるつもりならば、身請けのお金くらいはご自分で工面されるだろう。その上で、それでも嫌だと桔梗さんにはねつけられてしまっても、それもまた二人の運命なのだ。

相模屋のことも忘れることにした。どこぞの不逞《ふてい》浪士のことなど、自分には関係がない。紅屋にはそんな危ない人たちは泊まらない。相模屋さんには相模屋さんの考えがあって、そうした人たちを出入りさせているのだろう。

髭の男のことを政《まさ》さんや番頭さんに話すかどうかは、随分迷った。迷ったけれど、結局話さなかった。何度も打ち明けようとしたのだが、なぜか喉に言葉が詰まったようになって話すことができなかった。以前にも同じようにしてしくじったのに。なぜかあの髭の男の、鋭い眼差《まなざ》しに射すくめられると、迂闊《うかつ》に何も話せないという気にさせられるのだ。

どうでもいいことじゃないの。やすは、自分で自分を納得させた。あの髭の男は、紅屋の敵ではない。とめちゃんにひどいことをした下手人を捕まえる手助けをしてくれたのだ。その男が不逞浪士のことで相模屋を探っているからと言って、それは自分にも紅屋にも関係のないことだった。

やすは考えまいとして、仕事に精を出した。

一郎《いちろう》さんからは文も来なくなり、あれ以来品川に姿を見せることもない。このまま静かに終わってしまうのならそれでいい。やすはそう思うことにした。

一方、お小夜《さよ》さまからは頻繁に文が届いた。乳母《うば》も子守も雇っているのに、それでもご自分で赤子のお世話をなさっているらしい。自分のお乳も張るのでややこに飲ませてやりたいのに、乳をやるのは乳母のつとめだからと止められる、と不満が書いてあったりする。あるいは、おしめというのはなぜあんな形にややこのお尻《しり》に巻くのでしょう、とも書いてあった。あれではややこが、股《また》が窮屈で辛くはないかしら、と。

お小夜さまは、母親となってもお小夜さまなのだ。やすは嬉しくなった。たとえ昔からそうする習わしであっても、それが正しいのかどうか自分の頭で考えないと気が済まず、考えて、なるほど正しいと納得しなければ従わない。お小夜さまはそういう人だ。

神無月《かんなづき》。世の神様が皆、出雲《いずも》にお集まりになられるので、その他のところからは神様がいなくなってしまう月。それでは何かあった時にみんなが困ります、と、真顔で心配するやすに、番頭さんが優しく言ってくださった言葉を今でも覚えている。

なあに、神様ですからね、千里の道も瞬《まばた》きをする間に飛んでいらっしゃる。何かあってもいつものように神社にお参りすれば、きっと神様が帰って来て助けてくださいます。

番頭さんはいつも、やすの不安や怖《おそ》れを優しく包んでくれた。

あの髭の男に言われたことを番頭さんに黙っているのは間違っている。いくら忘れようとしても、そのことが日々、やすの胸をちくちくと刺した。

山の紅葉《もみじ》がどんどん色づいて、旅人の数も増えていた。紅屋は連日のように満室で、台所はとにかく忙しかった。そんな最中に、新しいお勝手女中がやって来た。

名は、おうめ。歳は二十一。背が驚くほど高く、政さんですら話をするのにいく分見上げるようにしていた。

板橋《いたばし》の出で、実家は農家らしい。数年前に姉が八王子《はちおうじ》に嫁いでいて、それが番頭さんの知り合いの息子さんだった。おうめさんも三年前に芝の一膳《いちぜん》飯屋を営む人と夫婦になったのだが、昨年の高潮で店と夫を失ってしまったという。実家に戻っていたのだが、いつまでもくよくよしていても仕方ないと、奉公先を探していた。知り合いからそれを聞いた番頭さんが、お勝手女中の経験があると知って紅屋に来てもらうことに決めた。

おうめさんは、明るい人だった。夫を亡くしてまだやっと一年だったが、泣いて暮らしていたって一つもいいことないと思って、頑張ることにしたんですよ、と笑う。

「あたしが働かないとね。実家は百姓で、ふた親と兄夫婦揃《そろ》って働いてもたいした稼ぎはないんですよ。それにようやっと歩き始めた子供がいるんで、その子の分もお金を送ってやらないといけないんです」

そんなに小さな赤子を実家に預けて働くなんて、母親としてはさぞかし寂しいことだろう。それでもおうめさんは、住み込みで働けて、しかもいただいた部屋がとても綺麗で、自分は運がいい、と、また笑った。

逞《たくま》しい人だ、とやすは思った。しっかりとふしの立った働き者の手をしている。紅屋のお勝手にとって、良い働き手が来てくれた、と思った。

だが年上の人に、あれこれ指図するのはどうにも慣れない。政さんには、おうめさんととめ吉に指示を出してきちんと働かせるのがおやすの役目だ、と言われていた。とめ吉は何も知らないし何もやったことがないので、指示を出すのはある意味容易《たやす》い。あれをこうして、こちらはああして、と言えばいいし、それで出来なければまた教えるだけで済んだ。けれどおうめさんの場合には、自分流のやり方が既に身についてしまっていた。牛蒡《ごぼう》を洗ってささがきを作ってください、と指示した時は、なぜかささがきではなく、細長い拍子木《ひょうしぎ》のように切ってしまった。

「だって献立はきんぴらでしょう？　きんぴらなら、ささがきではなく、こうして太く切った方が美味《おい》しいですよ」

確かに、煮売屋でもきんぴらはバリバリと歯ごたえが楽しめるように切る。そうして作る方が普通なのだ。が、政さんのきんぴら牛蒡はささがきで、品のいい味に仕上げる。やすは、どう説明したものか困ってしまった。そこに政さんが割って入った。

「確かに、おうめさん、飯のおかずに作るなら、太めの牛蒡をバリバリ噛むきんぴらの方が美味《うま》いかもしれねえな」

「へえ、そうでございますよ。ささがきでは物足りないじゃありませんか」

「うん、だけどな、うちで夕餉に出すきんぴらは、飯のおかずじゃねえんだ。箸休《はしやす》め、って言葉は知ってるだろう？」

「へえ、知っておりますよ」

「夕餉の主役は鯵《あじ》の塩焼き、それに小松菜と湯葉のおひたしときんぴらをつける。つまり今から作る牛蒡のきんぴらは、主役じゃなく脇《わき》役だ。鯵の塩焼きは美味いもんだが、それだけ食べてると味に飽きる。ちょっと他のおかずを間に挟むと、また舌が新しくなって鯵がより美味く感じる。そういう脇役、箸休めとしてのきんぴらだから、優しい味で、歯ごたえもそこそこ、あんまりおいらはきんぴらでござい、って顔しねえように作りたいんだ。わかるかい？」

おうめさんは、考え込むような顔で黙っていたが、やがてにっこりして言った。

「なるほど、わかりました！　だけどそれだったら、きんぴらって名前は変ですね。だってきんぴらってのは、浄瑠璃《じょうるり》の坂田《さかた》金平《きんぴら》のことでしょう。金太《きんた》郎《ろう》の息子で、そりゃあ強い男ですよ。甘辛くて唐辛子《とうがらし》の効いた強い味に、バリバリと歯が折れるくらい硬い牛蒡、それでこそのきんぴらじゃありませんか。ねえ」

「なるほど。それもそうだな」

政さんは笑顔でうなずいた。

「だったらささがき牛蒡のきんぴらには、何か別の名前をつけてやるか」

おうめさんは満足そうにうなずいて、手早くささがきを作り始めた。

やすはホッとした。と同時に自分が情けなくなった。政さんはああやって、人をうまくつかうことができる。この先自分も、そうしたことができるようにならないといけないのだ。

さすがに一膳飯屋を夫婦で営んでいただけあって、作業自体は早いし手慣れている。が、あちらこちらと気になるところが目について、やすはそれをどうおうめさんに伝えればいいのかわからず、黙ってそっとやり直したりしてしまう。野菜の切り方が大雑把《ざっぱ》で、茄子《なす》のヘタを落とすのに身の部分もごっそり切り落としてしまったり、蒟蒻《こんにゃく》に隠し包丁を入れる時に、刃先を適当に差し込むので浅い深いの差が大きい。ちょっと言ってやり直して貰えば済むことだと頭でわかっていても、年上の人にそれを言うのは、やっぱり苦手だった。

「おやす」

おうめさんが来てから数日して、政さんがやすに話しかけた。

「前にも言ったが、おまえさんはいずれこの台所を仕切る立場になる身なんだってこと、忘れないでくれよ。平《へい》さんはそのうちここを出て、自分の店を持つか、あるいはすずめ屋に戻って料理人頭になる。紅屋にいつまでもいてくれるわけじゃない。平さんがいないとなれば、ここを任せるのはおまえさんしかいないんだ」

「……政さん、でも、政さんがずっとここにいてくれるなら……」

「おまえさんは来年で十八、俺は三十八になる。四十を過ぎたら体が次第に衰える。料理人には体力が必要だ。年を取ってもいい仕事をする料理人はいくらでもいるが、頭《かしら》は過酷な役割だ、体に不安がある者がやるべきじゃない。俺はおまえさんを、ここを任せられる料理人頭に育てたいんだ」

「……へい」

「うるさく言わなくても、俺が何を言いたいのかはわかるだろう？　今、おまえさんがおうめにやってることは、頭になろうとする者がすることじゃない。したらいけないことだ。おうめの仕事が気に入らねえなら、本人にきちんと伝えてやり直させる。そうすればおうめの腕も上がるし、次にまた同じことをしなくて済む。けどな、黙ったままでこっそりとやり直しちまったんじゃ、その仕事を二度とおうめにさせられねえだろう？　させたところで、また自分でやり直さないとなんねえと思えば、面倒なのではなかから自分でしちまおうってことになる。それだとな、おうめが来てくれたのにおまえさんの仕事は減らねえし、かと言っておうめの腕も上がらねえ。おうめの給金を払ってるのはおまえさんじゃなくて、紅屋だ。紅屋としては、おうめに給金分は働いてもらわねえと困るし、おうめの腕が上がらねえと給金を上げてやることもできねえんだ。おまえさんに悪気はなくても、結果、おまえさんがしていることでおうめはいつまで経っても、安い給金のままってことになる。それだけじゃねえよ。もし、おうめが、おまえさんのしていることに気づいたらどう思う？　一番大事なのは、実はそこだ。おうめだって、働いて、実家に預けている赤ん坊を養いたいと必死なんだ。わざと雑な仕事をしてるつもりはねえはずだ。自分では一所懸命やっていると思ってる。なのに、その仕事ぶりが駄目だと口で伝えてくれもせずに、黙ったままで自分のした仕事を直される。自分がそうされたと考えてみな。おまえさんならどうだ、不愉快にならねえかい？　俺が今までに、そんなことをしたことが一度でもあったかい？」

やすは、恥ずかしさで首まで赤く染めながら、首を横に振った。

「人ってのは、頼られたり信頼されたりすれば、それなりの結果を出そうと努力するもんだ。逆に、あんたのことなんかもともとあてにはしてないよ、という態度を見せられたら、だったらいいや、適当にやっとこう、とふてくされる。どんなことであれ、頭となって人を動かそうと思ったら、まずはその人の気持ちを考えねえとな」

政さんは、ぽん、とやすの頭を掌で一回、叩《たた》いた。

「頭になれば、言いたくねえことを言わねえとならねぇことがたくさん出て来る。おまえさんが、年上の仕事にけちをつけるなんてこと、したくねえのはよくわかる。だがな、自分がしたくねえからって逃げてばかりいたら、しまいには相手もおまえさん自身も行き詰まっちまう。おうめは自分の流儀でやりたい性質《たち》だろうが、わからずやじゃねえし、あたまも悪くねえと思うよ。ちゃんと話して、きんぴらの時みてえにやってみな。浄瑠璃を持ち出したのには驚いたが、面白えことを言うもんだ、と俺は感心した。案外、そうやっておうめと話してみれば、今まで考えつかなかったことを思いつくかもしれねえよ。なるほど、ささがきにして品良く仕上げた牛蒡は、味はきんぴらでも別の料理だ。もうひと工夫すれば新しい料理になるかもしれねえと、俺は思った。おうめはあれで、なかなかいいもんを持ってるんじゃねえかな。まあ確かに仕事は雑だが、一膳飯屋ってのは多少は雑な料理でも、とにかく早く出て来て早く腹いっぱいになることが大事だ。そうした料理で商売をしていたんだから、紅屋の流儀と合わないのは当たり前。ちょっとずつ、紅屋の料理を覚えてくれたらそれでいい。その為《ため》にも、言うべきことは言う。それが大事なんじゃねえかな」

政さんの言うことは、全部正しい。その通りだ、とやすは思った。

けれど、はい、わかりましたと答えても、次からおうめさんに的確に指示したり、仕事のやり直しを頼んだりできるのかどうか、自分に自信がない。

やすは、人の上に立つ、ということの難しさを、生まれて初めて噛み締めていた。これまでは本当に、好きなようにやって良かった。自分はどうせ下っ端なのだから、と気楽だった。失敗すれば怒られる。でも下っ端なのだから、失敗なんか当たり前でしょう、と甘えていれば良かったのだ。

今は素直に、やすの言うことはなんでも従い、逆らわずに働いているとめ吉だって、日々少しずつ成長している。やがては大人になる。自分の意見を持ち、自分流のやり方を見つけてしまい、それが政さんややすの流儀と違っていたら、逆らうようになるかもしれない。むしろそうでないと一人前にはなれないだろう。奉公人の世界は年上や立場が上の者に逆らうことは許されない世界だが、料理人の場合は少し違う。才覚のある者はない者を追い越して行くし、自分の考えを持ち、どんな料理を作りたいのかと自分の頭に描けない料理人は大成できない。それは今のやすにも想像ができる。だからこそ、政さんはこれまで、やすが好きなように料理について考えたり調べたり、試してみたりすることを許して来たのだ。それが料理人としての成長に繋がるのだから、と。

そうした料理人としての心を折らないよう、だが、雑に思えたり、紅屋の料理にふさわしくない部分はちゃんと直させる。それができなければ、自分はおうめさんやとめ吉の上に立ってはいけないのだ。

情けなさに肩を落として、やすは胡麻《ごま》を炒《い》り始めた。子供の頃からなぜか、胡麻を炒るのが好きだった。焙烙《ほうろく》の炒り鍋《なべ》を熱して、胡麻を焦がさないように丁寧に炒る。一粒一粒が水気を含んで、菜箸の先が重かったのに、それが次第に軽くなっていく感触がいい。うっすらと香ばしい匂《にお》いが鼻に届くと、胡麻をつかった美味しい料理の数々が目の前に浮かんでくる。

炒った胡麻は半分に分けた。半分は、うずら肉の料理に使う。残り半分はすり鉢ですって、青菜をあえる。

「胡麻ならあたしがすりますよ」

おうめさんが声をかけてくれた。

「菜っぱの下ごしらえは終わりましたから」

「ありがとうございます。でも、今は手が空いてますから」

「おやすさん」

　おうめさんが、少し真面目な顔で言った。

「そういうの、だめですよ」

「え？」

「言葉です、言葉。おやすさんはあたしに仕事を命じる立場なんですから、あたしにそんな丁寧な言葉をつかう必要なんかないんです。おうめさん、だなんて、さんなんかつけなくていいんですよ。おうめ、と呼んでください」

「あ、でも……ごめんなさい、そういうの苦手で」

「だったらせめて、おうめちゃん、とでも呼んでください。それと、二人して手が空いたんだったら、簡単な仕事はあたしに振ってくださいよ。おやすさんは、平蔵《へいぞう》さんや政一《まさいち》さんを手伝うことができるけど、あたしにはできないんですから」

「あ、はい」

　やすはおずおずと、すり鉢をおうめさんの方に押した。

「ほらほら。あたしに、はい、なんか言わなくていいんですったら」

　おうめさんはすりこぎをやすの手から受け取ると、胡麻をすり始めた。

　つい心配で見つめてしまったが、おうめさんは胡麻をする名人だった。力強くて滑らかなすりこぎの動き。まんべんなく砕かれていく胡麻。

「ちょっと上手《うま》いもんでしょう」

おうめさんは楽しそうに言った。

「一膳飯屋では、毎日毎日、嫌ってほど胡麻をすってたんです。店の人気献立が胡麻豆腐でね、でも胡麻をとろんとなるまでするのが本当に大変でしたよ」

「胡麻豆腐とは、また手間のかかるものを出していたんですね」

「亭主が長崎《ながさき》の出なんですよ。もともと胡麻豆腐ってのは長崎の料理なんだそうですね。一膳飯屋で出すにしては、そりゃ丁寧に作った本物の胡麻豆腐でしたからね、評判は上々、店に来るお客の半分は胡麻豆腐をたのんでくれたくらいで」

ちゃんとした胡麻豆腐を作るのはたいそう手間がかかる。大量のすり胡麻を作らなくてはならないのだが、青菜をあえるようなすり胡麻ではなく、胡麻の油が全《すべ》て出た、どろっとした状態までするのだ。手も腕も痛くなるし、時間もかかる。そしてそれに水と葛粉《くずこ》を混ぜて、今度は弱火で気長に練る。つきたての餅《もち》のようになるまで練って、それから型に入れて冷まし、固まるのを待つのだ。

入れる水の量を増やせばする胡麻の量を少なくできるが、それだけ出来上がりの胡麻の風味は落ちてしまう。葛粉も質のいい本葛で作れば舌触りがとてもいいのだが、芋を粉にしたものなどを代わりに使うと、野暮ったいものになってしまう。

一膳飯屋では、たとえ丁寧に作った本物の胡麻豆腐であっても、さほど高い値はつけられない。おうめさん夫婦は、正直な商いをする人たちだったのだ。

「他にもね、長崎の料理をいくつか出してたんですよ。それが評判になって、店は繁盛してましたよ」

おうめさんの横顔が少し寂しそうに見えた。天の災いには誰も逆らえず、ただ運の良し悪《あ》しがあるだけだ。紅屋は颶風《ぐふう》であらかた壊れてしまったが、奉公人は一人も死なずに済んだ。けれど品川でもたくさんの死者が出たのだ。おうめさんとご亭主とで営んでいた店が流されたのも、ご亭主が亡くなったのも、誰のせいでもない。けれど、残念でしたね、と簡単に慰められない気がして、やすは黙っているしかなかった。

「長崎の料理ってのは、南蛮《なんばん》や清国《しんこく》の料理がいろいろと混ざってできてるんで、面白いんですよ、作るのも食べるのも。でも材料がねえ……砂糖をたくさん使うし、江戸では高価なものも多いし。それをなんとか工夫して、一膳飯屋で出せるものにしてました」

「食べてみたかったです、おうめさんのお店の料理。今度、作ってもらえますか」

「いいですよ。でもほら、あたしの料理だから。さっき政一さんに怒られちゃったんじゃないですか、あたしのことで」

「いいえ、そんなことは」

「死んだ亭主にもいつも言われてたんですよ。お前は大雑把でいけねえよ、って。あたしはどうしても、お客を待たせたくなくってね、ついつい、ささっと作って出しちまいたくなるんです。ゆずの皮を最後にちょっと載せて、なんてのもちょくちょく忘れちまってたし。ここで働いて、そういう雑な癖を直したいって思うんですよ。だけどこの前みたいに、余計なことを言っちまうのも悪い癖で」

「余計なことではないですよ。政さんは、ささがきの品のいい牛蒡はきんぴらと呼べないとおうめさんが言ったこと、とても面白がってました。なるほど、きんぴらってのは、味付けのことじゃなくてバリバリとした歯ごたえのことなんですね。わたしも面白いと思いました。ささがきのきんぴらをもう少し工夫して、きんぴらとは別の料理にできるんじゃないか、って。そしたら名前も新しくつけられますね」

「あらま」

おうめさんは、少し恥ずかしそうに笑った。

「あたしの言うことなんか、そんな真面目に聞かないでいいのに。おやすさんも政一さんも、料理のことになるとほんっとに生真面目で熱心ですねえ。あたしも料理で商いしてたんだから、見習って、もうちょっと考えるようにならないといけませんね。実はね、今は子供が小さくてどうにもならないんで里に預けてるけど、そのうちには引き取って子供と暮らしたいと思ってるんですよ。そしていつかはまた、一膳飯屋でも煮売屋でも、小さな商いをやりたい。食べ物の商いは嫌いじゃないんです。どんなものであれ、お客が食べて美味しいって言ってくれたら嬉しいもんですよね。だから手っ取り早く、飯盛女でもやって稼ごうかと思ったこともあったんだけど、あたしってずぼらだし怠け者だから、そういう金の稼ぎ方を覚えちまったらもうずっとそのまんま、抜け出せなくなるんじゃないか、って思ったんです。時はかかっても、こつこつ貯《た》めた金で商いを始めないと、って。まあちょっとは、死んじまった亭主に悪いから、ってのもあるんですけどね」

おうめさんはまた、恥ずかしそうに笑った。

やすは、胸にこみあげたものを抑えきれずに、少し涙ぐんでしまった。懸命に真面目に商いをしていたおうめさんとご亭主。なのになぜ、天は二人に意地悪をしたのだろう。

けれどおうめさんは、天を憎んで荒《すさ》んだりしなかった。

どれだけ泣いて、泣いて、泣いたら、こんなふうに前を向けるのか。

この人の、人としての尊さを、どう讃《たた》えたらいいのか。

わたしは、この人から学ぶことが、きっとたくさんある。学ばないといけない。

この人が来てくれて、良かった。やすは、心からそう思った。

八　ぶたと梨

一郎《いちろう》さんから文《ふみ》が届かなくなって三月《みつき》が過ぎた。御殿山《ごてんやま》あたりの紅葉も盛りを過ぎて風に散った。奉公人には辛《つら》い季節が近づいていた。

下田《しもだ》にいためりけんのはりすさまが江戸に向かわれたのは少し前のことだったが、はりすさまの大名行列が品川《しながわ》を通った際、物珍しさからわざわざ外に出て行列を見ようとした者もいたが、顔を上げることは禁じられていたので結局地面を眺めていただけだった、などと笑い話も聞こえて来た。そのはりすさまが公方《くぼう》さまと正式にお会いになられたらしい。いよいよ、めりけん人たちが日の本で、おらんだ人たちのように商いを始めるのだ、と番頭さんが言っていた。

だがおらんだ人たちは長崎《ながさき》の出島《でじま》から勝手に出歩くことはできず、出島の中に留め置かれている。めりけん人たちはどこに住むことになるのだろう。

興味はあったけれど、紅屋《くれないや》に異国の人が泊まることはまずないだろうと思われたので、やすの毎日には異人のことはあまり関係がないと思われた。はりすさまが公方さまとお会いになったことは日の本にとって大変なことなのだよ、と番頭さんに教えていただいても、やすはただ、へえ、とうなずいただけだった。やすは、一郎さんのことを考えまいと懸命に働いていた。実際、余計なことを考えている暇はあまりなかった。とめ吉《きち》に教えることは山ほどあり、一つできるようになればば次、それができたらその次、ときりがない。政《まさ》さんは、本腰を入れて平蔵《へいぞう》さんにかかりきりになっていた。平蔵さんが紅屋を離れ、独り立ちする日が近いということだった。神奈川《かながわ》宿のすずめ屋に料理人頭として戻るのか、それともどこかで料理屋を開くのか、そのあたりのことはまだ決まっていないようだったが、平蔵さんの腕ならば江戸に出て店を出してもやっていけるだろうと政さんは言っている。政さんが太鼓判を押すのなら、元手を用立ててくれる人もきっと見つかるだろう。

政さんに指図されなくなった分、やすは自分で考えて仕事の段取りをつけないとならない。とめ吉だけでなく、おうめさんに指示を出すのもやすの役目だ。

おうめさんは呑《の》み込みがとても早い人だった。自分なりのやり方を持っているせいで二度手間になることも多いけれど、一度教えたことは次からきちんとやってくれるので、おうめさんが来て半月も経《た》つ頃《ころ》にはやすとの呼吸も合って来て、何も言わなくても大抵のことはやすが期待した通りにやってくれるようになった。

やすは嬉《うれ》しかった。年上の女中に指図をするなど自分にできるのだろうかと不安だったが、なんとか様にはなっている。が、おうめさんは女の人だ。これがもし男の料理人だったらどうだろう。年上の男の人にあれこれ指図するなんて、とてもできるとは思えない。

そんなことは考えなくてもいいのよ。やすは自分で自分に言い聞かせた。平蔵さんがいなくなっても政さんはずっといてくれる。平蔵さんの代わりに男の料理人がやって来たら、その人のことは政さんに任せればいい。

でも、政さんがいなくなってしまったら……?

やすは、それ以上考えまいと首を横に強く振った。政さんが江戸の料理屋に迎えられるという話は、なくなったはずだ。仮にまたそんな話が来たとしても、政さんはきっと断ってくれる。政さんは、ずっと、ずっと紅屋にいてくれる。

「うわー、ぴかぴかしてるねえ」

聞き慣れた声にそちらを向くと、おさきさんが笊《ざる》を覗《のぞ》きこんでいた。

「これはいい鰯《いわし》だね。それになんて大きいんだい。鯵《あじ》くらいあるよ」

　おさきさんは元々お勝手女中だったのだが、建物を普請して以来お客が増え、部屋付き女中の手が足りなくなってそちらの仕事に引っ張られてしまった。おさきさんはお米の扱いがとても上手で、政さんでさえ、飯はおさきに炊かせたほうが旨《うま》い、と褒《ほ》めていた。それで時々お勝手に来て、とめ吉に米の研ぎ方や選び方を教えてくれている。

「へえ、平蔵さんが魚竹《うおたけ》さんから、とびきりのを仕入れてくれたんです。夕餉《ゆうげ》にはお刺身で出します」

「鰯の刺身かい。これだけ大きいと刺身にもできるねえ」

「骨と頭は、小さい鰯の身と一緒によく叩《たた》いて、つみれにします」

「つみれ汁かい！」

「へえ。骨のとこが多いんで、お客用の献立にはせずに、まかないでいただこうかと」

「ひえ、だったらあたしも、今夜はこっちで食べて帰るよ」

「そんなことして、ご亭主がさびしがられませんか」

「いいんだよ、うちの亭主は居酒屋で一杯やってからでないと帰って来ないんだから。それで茶漬けをさらさらやって寝ちまうんだよ、毎晩そうさ。そりゃ世間じゃ夕餉は茶漬けさらさらが普通なんだろうけど、あたしは紅屋でお客に出す夕餉の膳《ぜん》を毎日眺めてるんだからね、見るだけ見といて自分はお茶漬けだけだなんて、そんなの酷ってもんじゃないか。だから亭主が居酒屋にいる間に、うちに帰ってからわざわざ自分の為《ため》に煮物をこしらえたり干物を焼いたりしちまうんだよ。いっそ、毎晩ここで賄いを食べて帰りたいくらいだわ」

番頭さんは、通いの女中が賄いを食べて帰っても何も言わない。そうしている人は他にもいる。けれどおさきさんは律儀な人で、通いの人には給金に手当てが上乗せされているのだからと、夕餉の賄いは食べずに帰ることが多い。上乗せされていると言っても、長屋代程度のものなのだが。

紅屋も昔は、奉公人はすべて住み込みだった。今でも奉公人と言えば住み込みが当たり前だろう。が、それだと女中は嫁入りが決まるとお暇《いとま》になる。大旦那《おおだんな》さまが、せっかく仕事に慣れた女中が嫁入りで辞めてしまうのはもったいないと、通いをお認めになったらしい。女中奉公に出れば嫁入りが遅れるのが当たり前で、お店《たな》をさがった頃には行かず後家、後添えの口しか残っていない、などと言われていた中で、大旦那さまのお考えはとても新しいものだったと、番頭さんが言っていた。

「ところでね、おやす。あんた、今月はいつ日本橋《にほんばし》に行くんだい？　このところ行ってないようだけど」

「へえ、お小夜《さよ》さまのややこがまだお小さくて、江戸では流行《はや》り病《やまい》の気配があるとかで、ご遠慮した方がいいだろうと控えております。お小夜さまからは、いつ来るの、いつ来るの、と文が届くんですが」

「お母さんになっても相変わらずのお転婆《てんば》さんなのかしらね、あのおひいさまは」

「明るくて活発なところはお変わりないようです。でも薬種問屋の若奥様らしい落着きも、文から伝わって来ます」

「江戸の流行り病はすぐに品川にも伝わっちまうよ。大事にならないといいんだけど」

「麻疹《はしか》ではないかと文には書かれてました」

「麻疹ってのは子供の病気だろう。子供の頃にかかってりゃ、もうかかることはないって聞いてるけど」

「へえ、でもかかると子供でも死ぬことがあります。大人になってからかかると、もっと重くなります」

「あんたはかかったことあるの？」

やすは曖昧《あいまい》に首を振った。

「……憶《おぼ》えていないんです。父に聞けばわかるかもしれませんが」

おさきさんは、はっとした顔になったが、すぐに元の表情に戻って言った。

「ま、紅屋の奉公人はたいがい麻疹をやってるだろうから、麻疹なら心配しなくてもいいだろうね。だけどさ、はりすさまが公方さまとお会いになって、めりけんさんがおらんださんのようにこの国で商いをすることができるようになるらしいじゃないの。大丈夫なのかねえ、めりけんさんを江戸に入れちまって。長崎みたいな遠いとこにまた出島を作って、そこにいてもらった方がいいと思うんだけどね。あたしらがあぁだこうだ言ったところで、どうかなるもんでもないけどさ」

「どこかの港がめりけんの船の為に用意されると、番頭さんが言ってましたが」

「はりすさまがいらしたのは下田だけど、下田くらい遠ければいいんだけどね。黒船が最初に姿を見せたのは浦賀《うらが》だったね。もしかしたら浦賀よりも江戸に近いとこに港が開かれるのかしら。神奈川とかだったらどうしよう。この品川も、めりけんさんがいっぱい遊びに来るようになっちまうかも」

おさきさんは、ぶるっと身震いした。

「見たことはないけどさ、異人ってのはなんでも、目の色が黒くないらしいじゃないか。そんな目でじろっと見られたら、熱が出て寝込んじまうよ、きっと。百足屋《むかでや》のおひいさんが嫁にいった日本橋の十草屋《とくさや》さんってのは、あの長崎屋《ながさきや》さんの親戚《しんせき》なんだろう?」

「へえ、そう聞いてます」

「長崎屋と言えば、長崎のおらんださんたちが千代田《ちよだ》のお城にご挨拶《あいさつ》に行かれる際、江戸で宿にしていたっていう異人贔屓《びいき》の大店《おおだな》で有名だよ。きっと十草屋さんも異人贔屓なんだろうね。あのお転婆なおひいさまなら、異人なんか怖がりゃしないだろうけどさ」

おさきさんは笑った。それは多分その通りだろうな、とやすも思った。怖がるどころか、自分から異人さんに近づいて行ってしまうだろう。

「だけど、異人さんってのはももんじの肉が大好きだって言うじゃないか。品川にもめりけんさんが来るようになったら、ももんじの肉の料理も出さないといけないのかねえ」

今度はやすが身震いする番だったが、おさきさんが意外なことを口にしたので震えが止まった。

「あんただけに言うんだけど」

おさきさんは声を低めた。

「実はね……あたし、食べたのよ、ももんじ。それも山で獲《と》った猪《いのしし》だの鹿《しか》だのじゃなくてね、ぶた」

「……ぶた？」

　おさきさんはうなずいた。

「そう、ぶた。猪に似てるらしいんだけど、生きてるのは見たことないわ。お江戸では薬喰《くすりぐ》いが大流行《おおはや》りだってのは聞いてたんだけどね、亭主の従兄《いとこ》が薩摩《さつま》藩江戸屋敷で働くことになって。あ、亭主の従兄は植木屋なの。染井《そめい》村の、けっこう名の通った植木屋で植木職人として働いてるのよ。染井村のことは知ってる？」

「あ、いいえ、あまり。植木屋さんが多いところだってくらいです」

「江戸からちょっと外れた、内藤新宿《ないとうしんじゆく》のあたりにある村よ。その通り、植木屋ばっかり集まってるとこ。染井村の植木屋は、江戸の大名屋敷の仕事を請け負ってるところが多いの。で、亭主の従兄も薩摩藩江戸屋敷の植木を任されて、仲間と一緒に通い始めたらしいの。そしたらね、薩摩藩は江戸屋敷の敷地で、ぶたを飼ってるんですって。ぶたってのは猪の仲間なんですってね、でも猪と違ってそんなに気性が荒くなくて、人に懐くらしいの。猪より肉が柔らかくて、異国ではみんな食べてるんだって。薩摩は琉球《りゆうきゆう》と行き来があるでしょ、琉球では昔からぶたを食べてるので、薩摩でも食べるようになったみたい。六月の嘉祥《かじょう》のお祝い、お大名が千代田のお城にあがって公方様にお菓子をいただく、あれね、あの時には、大名屋敷の中でも奉公人や出入りの職人にまでお菓子が配られるんですって。で今年の嘉祥で、餅菓子《もちがし》の他に、ぶたの肉を甘く煮たものが配られたのよ。それで亭主の従兄、治三郎《じさぶろう》っていうんだけど、その治三郎さん、初めてぶた肉を食べて、あんまり美味《おい》しくて腰が抜けたんですって」

「こ、腰が！」

「そうなのよ。いくらなんでも大げさでしょって笑ってやったんだけど、治三郎さんは真面目《まじめ》な顔でね、あんな味の食い物は本当に初めてだった、って。鰻《うなぎ》の百倍は美味《うま》かった、なんて言うのさ。ぶたの肉を四角に切って、甘辛く煮てあったそうなんだけど、味付けは鯉《こい》の丸煮にちょっと似た、醬油《しょうゆ》と砂糖と酒をふんだんに使った味だったって。で、ぶた肉は、箸《はし》を入れるとすっと入るくらい柔らかくて、脂身のとこが口に入れたらふわっと溶けたって！」

やすはその味を想像しようとしたが、獣の肉を食べたことがないので想像できなかった。

「それでね、治三郎さんはその味が忘れられなくなっちまって、庭仕事の時に仲良くなった薩摩藩の下働きの男に、ぶた肉を手に入れるにはどうしたらいいだろうかって訊《き》いたらしいの。それで江戸にもぶた肉が買える薬屋があるって教えてもらって、そこで買ってお裾《すそ》分けに来てくれたのよ。まあお裾分けったって、治三郎さんはひとりもんで料理ができないから、あたしに料理してくれって持って来ただけなんだけどね」

薬屋、と言っても、十草屋が扱うような生薬を売る店ではない。ももんじの肉は病を治すと言われていて、ももんじを食べることを薬喰いということから、ももんじの肉を売っている店は表に「くすり」と書いた幟《のぼり》を立てているので、薬屋と呼ばれているらしい。

「おさきさん、ももんじを料理できるんですか」

「猪の鍋《なべ》を食べたことがあるだけよ。ぶたってのは猪の仲間らしいから、鍋にしちまえばいいかって鍋に仕立てたの。でも治三郎さんがね、甘辛く煮たのも食べたいって言うから、半分は煮込んでみたのよ。鯉の丸煮にちょっと似てたらしいんで、酒と醤油と砂糖と味醂《みりん》で煮ればいいか、って。でもさんざんだった。いくら煮たって固くなるばっかりでさ、とろとろになんかならないのよ。どれだけ煮込んだらいいのかわからない。魚だったらあんなに煮たら身が縮んじまって食べられやしないよ。まあそれでも、固いのを我慢すりゃ食べられないことはないんだけど、臭《にお》いがねえ。猪に比べたら臭わないけど、やっぱり獣の臭いはあって、ちっとも美味しいと思えなかった。鍋にした方は薄くそぎ切りにして味噌《みそ》を使ったんで、臭いはだいぶましだったわ。まあ、まずくはなかった」

「まずくなかったんですか……」

「よくわからないのよ」

おさきさんは、はは、と笑った。

「味噌味で、野菜も一緒に煮込んだからね。でも確かに、汁がすごくその……濃い感じになってたわね」

「濃い……出汁《だし》が強いってことでしょうか」

「そうそう、出汁が、すごく強い感じ。あぶらもたくさん浮いて、食べてると汗がどんどん出てね。ああなるほど、これは薬になるかもしれないと思ったけど。だけど食べたあとが大変だったのよ。土鍋を使ったんだけど洗っても洗っても、水を張って火にかけるとあぶらが浮いてさ。あとで長屋の物知りに聞いたら、ももんじを料理するなら鍋は別に用意しないとだめだって。土鍋みたいな焼き物は、中にあぶらが染み込んじまうんだって。肉をそいだ包丁もすっかり切れなくなっちまって、研ぐのがやっかいだったし、ももんじってのは自分で料理するもんじゃないわね」

「血はたくさん出ましたか？」

「そうでもなかったわよ。薬屋でちゃんと血抜きしてくれてるから。ただあぶらが分厚くて、包丁がなかなか入らないのよ。なんとか切ったけど、包丁の刃がぼろぼろになっちゃった。ももんじを料理するなら、包丁もまな板も鍋も、全部それ用に揃《そろ》えないとだめだねえ」

「臭いは味噌でだいぶ消えたんですね？」

「そうね、味噌鍋にした方は、肉の臭みはさほど感じなかった。おやす、あんた、ももんじを料理してみたいの？」

やすは曖昧に首を振った。獣の肉を食べることには、まだ強いためらいがある。が、おさきさんまでももんじを食べたと聞いて、興味が湧《わ》いてしまったのは本当だった。

はりすさまと公方さまがお会いになった。めりけん国がこの国と商いをするようになれば、めりけん人が江戸にも品川にも大勢やって来るだろう。番頭さんの話では、めりけん一国と商いの約束をしたのでは他の国も黙っていないから、いずれえげれすやふらんすとも商いをすることになるらしい。そうした異国の人々は、獣の肉を毎日食べていると聞いた。見た目が違っていても、同じ人なのだから、美味い、不味《まず》い、の感じ方がそう大きく違うとは思えない。南蛮《なんばん》から伝わったかすてぼうろや金平糖《こんぺいとう》はとても美味しい。異国の人が美味しいと思うものなら、日の本の人が食べても美味しいはず。実際、治三郎さんはぶたを甘辛く煮たものを、腰が抜けるほど美味しいと思ったのだ。

なのにおさきさんが料理したぶたの肉は、あまり美味しくなかったらしい。そのことが、おやすの心を妙にかき乱していた。ぶたの肉は、料理の材料として相当手強《てごわ》いものらしい。美味しく料理をする方法がちゃんとあるのに、おさきさんの知っている料理の仕方では美味しくならなかったのだ。おさきさんだってお勝手女中を長年務め、料理の腕は長屋のおかみさんたちよりは上のはず。そのおさきさんが、煮ても煮ても柔らかくならなかったというぶたの肉。けれどそれをとろとろに煮込む方法がちゃんとある。それを知りたい。

やすは、なぜかわくわく気持ちが昂《たか》ぶるのを感じていた。あれほど嫌いだったももんじなのに、それを料理してみたい、と思う自分がいる。

「おやおや、おやす、あんた、ももんじが食べてみたくなったって顔してるわね」

おさきさんが笑った。

「政さんに聞いてみたら？　あの人だったら、ぶたの肉を売ってる店くらい知ってるだろうし、もしかするとぶたを煮込む方法も知ってるかもしれないよ」

「で、でも、わたし……ももんじは……」

「薬だわよ、薬。薬を喰うんだから何も悪いことじゃない。この品川にだってももんじを出す店は増えてるんだから、料理人なら一度は食べてみないとね。薩摩ではぶたの肉なんて誰《だれ》でも食べてるらしいわよ。ほら、あの姿のいい薩摩の若侍、進之介《しんのすけ》さんとか言ったわね、あの方だってきっとぶたを食べたことがあるに違いない。獣の肉を食べたくらいで仏様の罰があたったりはしないわよ。ちょっと、とめ吉。どこにいるの？」

「へーい」

「なんだい、外で何してたんだい」

「小豆《あずき》を選《よ》り分けておりました」

とめ吉が笊を手に、勝手口から顔をのぞかせた。

「そんならついでに、お米の選り分けもやっちまいましょ」

おさきさんが裏口から出て行くのと入れ替わりに、政さんが入って来た。

「お帰りなさい」

「おう。面白いもんを持って来たぜ」

政さんがあがり畳の上で風呂敷《ふろしき》をといた。

「あら、梨《なし》！　まだあったんですね！」

「そろそろこいつも終わりだろうな。高輪《たかなわ》村の梨畑の横を通りかかったら道端で売ってたんだ。最後の梨で、もぐのが遅くなったんで少し熟れすぎて傷んでるとこがあって、捨値で売ってたんで買ってみた」

「梨が終わると、秋も終わりですね」

「うん。こいつは客に出せるようなもんじゃないから、賄いに使おう」

「お食後の水菓子はいいものですね」

「いやいや、水菓子として食べるんじゃあんまり能がない。これまでも料理に梨を使うのはやって来ただろう？」

「へえ、塩をして和《あ》え物に入れたりしました」

「おやす、この梨を工夫して、おかずになるものが作れるかい？」

「ご飯のおかず、ですか……」

「ちょっと考えてごらん。季節の終わりに、旬《しゅん》の食べ物に別れを告げるひと品ってのは、なかなか粋だぜ」

「へ、へえ……」

やすは小ぶりの梨を手に取った。梨は秋が始まる頃から売り出される。江戸近辺にも梨の産地はいくつもあり、秋が進むにつれていろいろな梨が次々と売られるようになり、今頃が最後の種類だろう。その梨は小さくて硬く、ところどころ熟れすぎて黒ずんだ箇所も見受けられる。

もともと、梨の甘さはさほど強くない。干し柿《がき》のように甘いものでも白和《しらあ》えなどに使えばおかずになる。梨ならば甘みは気にしなくていいかもしれない。梨の良さは歯ざわりだ。しゃくしゃくとした独特の歯ざわりで、食べること自体が楽しい。大根と歯ざわりが似ていることを利用して、どちらも千切りにして塩をし、少しだけ水を出してから甘酢で和えたものは作ったことがある。だが、ご飯のおかず、と呼べるかと言えば……

「はは、さすがのおやすも、困り顔だな」

「へえ……すんません」

「ちょいと意地の悪いお題だったかい」

「いいえ、考えてみます。考えてみたいです」

「そうかい。そんなら、そうだな……この梨はもうそんなに長くは持たないから、明日の賄いで出せるようなものを考えてみな。難しいかい？」

「やってみます」

「よし。そんなら任せる。美味いもんが出来たら、褒美《ほうび》をやるよ」

「褒美？」

「さっきのおさきとの話、ちょっと聞こえちまった。おやす、おまえさん、豚の肉を料理してみたいんじゃないのかい」

「そ、それは……」

「豚の肉、料理させてやろう」

「でも、ももんじの肉には触ったこともありません。どうしたらいいのかまるでわかりません。……政さん、ももんじも料理したことがあるんですか」

「ああ。江戸にいた頃に習った」

「でも紅屋では一度も献立にしたことがありませんよね」

「うん。ももんじもいろんな肉があるが、総じて獣の肉はあぶらが強い。あぶらが強くてこなれも悪いから、どうしたって胃の腑《ふ》にもたれる。寝る前に胃の腑に負担がかかるものを食べるのは体に悪い。それでなくても、旅のお人は歩きどおしで疲れが溜《た》まっているもんだ。しかも旅の間はどうしても、普段食べつけてないものが食べたくなる。疲れて体は弱っているのに、ご馳走《ちそう》を食べ過ぎれば腹を壊す。旅籠《はたご》の飯は、旅を気持ち良く続けてもらう為に客に出す飯でないといけない。まあ、鹿の肉や馬の肉なら、あぶらの少ないとこを少しだけ出せばいいんだろうが、もみじは足が早いから手に入れるには猟師に頼んでおかないとならねえし、さくら肉は仕入れ値が高い。うっかり安いさくら肉に手を出して、馬泥棒から買っちまったりしたらお縄になっちまうからな。ま、あれこれ面倒なんでもももんじは出さないことにしてるんだ。それにももんじは、台所で扱える肉の形にするまでが大変だ。猟師から鹿一頭買ったとして、どこでそれを肉にするか」

やすは身震いした。鹿の頭や足を落としたり皮を剥《は》いだり、そんな恐ろしいこと、とても出来ない。

「はは、顔色が悪くなっちまったぜ、おやす。まさかおまえさんに、鹿の頭を落とせとは言わねえよ。だけどな、その仕事をしてくれる人がいるから、料理人はもみじやさくらを献立にできる、そのことは覚えておくんだ。ももんじがやっかいなのは、死んだ獣を肉にしてくれる人の手を借りないと、料理が出来ないってことなんだよ。まあそれを言うなら、鴨《かも》だって雁《がん》だって、俺《おれ》らは自分で羽をむしったりはしないがな。ちゃんと鳥屋が羽をむしり、血を抜いて、綺麗《きれい》な肉にして売ってくれる。なんだってそうだ。野菜だって俺らは自分で種蒔《ま》いて育てているわけじゃない。魚にしても、釣《つり》竿《ざお》で毎朝、献立に使う魚を釣ってたら大変だ。料理ってのは、そうやって、いろんな人の手を借りて出来上がるもんなんだ。やれ板長だ花板だと、料理人として名が売れて来るとつい勘違いしちまうもんだ。台所では自分が公方様にでもなったつもりになっちまう。そんな心得違いをしたせいで、潰《つぶ》れていく料理人は山ほどいる。自分がそんな心得違いをしてるんじゃねえかと思ったら、鳥の羽を自分でむしって頭を冷やす、俺はそうしてるんだ」

やすは思い出した。とめ吉の里でも、罠《わな》で仕留めた猪の肉を村人に分けてくれることがあると言っていた。誰かが罠にかかった猪を殺し、皮を剝ぎ、肉を切り分けて配ってくれるから、その肉を鍋に入れるだけで食べることが出来るのだ。

毎日何気なく料理している魚も鳥も、野菜さえ、台所のまな板に乗るまでにたくさんの人の手を借りている。

やすは自分を恥じた。獣の頭を落としたり皮を剝いだりすることを、ただ恐ろしいことだと忌み嫌っていた。そのくせ、ぶたの肉を料理してみたいなどと呑気《のんき》に考えていた。ぶただって生き物なのだ。誰かが殺し、皮を剝ぎ、頭や足を落として肉にしてくれなければ、料理して食べることは出来ない。

「人ってのはまったく、因果なさだめに生きるしかねえもんだな。他の生き物の命を食わねえと生きていけねえ。だからこそ、俺たち料理人は、命を料理してるんだってこと、忘れたらいけねえってこった」

政さんが言った。やすはうなずいた。

「おやす、それでもおまえさんは、ももんじを料理してみてえかい」

やすは政さんの目を見て、ゆっくりと言った。

「へえ。それでも、やってみたいです」

政さんは笑った。

「それでこそ、おやすだ。わかった、豚の肉、なんとかしよう。だがその前に、梨のお題をちゃんと考えるんだぜ」

「へえ」


明日の賄いに出せる梨のおかず。秋の名残りの、最後の梨。

さて、どうしよう。

❖

幸い、翌日は満室にならず、いくらか仕事に余裕が持てた。それでもやすは朝からいつものように働きづめだったが、八つ時《や》の用意は政さんがしてくれた。割れた栗《くり》を甘く煮て粗く潰したものを餅に混ぜ込み、粒あんをその餅でくるんだ栗餅。お客に出せない割れ栗が上等の餅菓子になった。紅屋の習慣では、昼餉の代わりにお八つをたっぷりと食べる。お客の出立を見送ってから朝餉を食べるので、昼にはまだお腹《なか》が空《す》かないからだった。なので、出来合いの煎餅《せんべい》だの菓子だのを並べておくだけでは奉公人たちが満足しない。お八つの菓子作りも、料理人としての修業の一つなのだ。その大事な仕事を代わってくれたということは、梨のことに集中しろ、ということだった。

梨はやはり歯ざわりが大切だ。生で使うのが一番、歯ざわりを活《い》かせるだろう。けれど、以前に作ったような酢の物では、それだけでご飯を何膳も食べられるおかずにはならない。

生で使うけれど、あっさりし過ぎてはいけない。それなりに食べごたえがあって、白いご飯と相性の良い味でないと。梨だけではやはり、味が弱い。やすは、梨に似た歯ざわりで梨よりも味のある野菜、大根を使おうと決めていた。今の時期の大根はまだ辛味が強い。梨のほのかな甘みと酸味、それに大根の辛味が合わされば複雑な味になる。それを何か、白いご飯に合うもので一つにまとめてやればいい。

みんながお八つを食べている間に、やすは台所の壺《つぼ》や甕《かめ》を一つずつ覗きこんだ。使えそうな物がいくつか見つかった。やすの頭の中で、味と味が組み合わされて別の味になる。なんとかなりそうだ。

でも。

それだけでいいだろうか。大根と梨の組み合わせは、ごく当たり前だ。誰でも思いつくだろう。それをまとめるものについても、少し勘のいい料理人なら、おおよそ考えつく。

おそらく、やすが頭の中で作り出した料理だけでは、政さんを満足させられない。やすはお八つが終わるまで、あがり畳でわいわいと栗餅を楽しむ仲間たちに混ざらず、一人台所に立っていた。

お八つが終わると夕餉の支度に取り掛かる。献立は決まっているので、あとは手順を考えて下ごしらえの指示を出す。

夕餉の主菜は平目《ひらめ》のおつくりだった。平目は繊細な味が身上なので、柳刃で薄くひいてから紙塩をして薄く味をつける。平蔵さんの腕の見せ所だ。

大根の桂《かつら》剝きはやすの仕事。桂剝きを満足にこなせるようになるには、二年近くかかった。政さんが大根を剝くと向こうが透けて見えるほど薄く美しくできるのに、やすは必死で練習してもなかなか上達しなかった。

「おやすは手が小さいんだな」

政さんが教えてくれた。

「どうせあとで千切りにするんだから、もうちょっと大根を小さく切ったらいい。教わった通りにやってみるのは大事だが、それでしっくり来ない時は、こっそり工夫してみればいい」

そうした助言をもらうたびに、やすは、自分の師匠《ししよう》が政さんでよかった、と心から思う。平蔵さんの話では、たいていの料理人は新米に厳しく、そもそも何かを教えてくれる、ということ自体が稀《まれ》らしいのだ。平蔵さんが最初に師事したすずめ屋の料理人頭もたいそう厳しい人だったようで、ちょっとでもその人の気に障ることをすれば下駄《げた》で殴られたのだとか。その上、ほとんど何も教えてはもらえず、料理をする手元を眺めていればあれこれと仕事を言いつけられて、技を盗むのもままならなかったらしい。

「もちろん師匠だから恩はあるが、正直、その料理人頭が独立して店を出すと辞めてくれた時は嬉しかったよ」

平蔵さんは苦笑いして言った。

「まあどんな世界でも似たようなことが多いだろうさ。政さんみたいな人の方が、変わってる、って言われるだろう。おやすちゃんは、本当に運がいいよ。だいたい女の料理人を嫌う料理人は多いんだ、おやすちゃんがすずめ屋で奉公人になっていたら、お勝手女中でも下働きで終わってたろうね。包丁なんか持たせてはくれなかったよ」

ほんの少し小さく、幅を狭く切っただけで、大根のかつら剝きは驚くほど楽になった。左手の中で大根がするすると動く。あまり幅を狭くするとつまが短くなって見た目が悪いが、ほんのちょっぴり短くなっても、お客には気づかれないだろう。

不思議なもので、一度するすると大根を動かすことができたら、次からは元の幅で大根を切ってもうまく動かせるようになった。手の大きさがそう簡単に変わるわけはないのに。

これが工夫なんだ、とやすはその時知った。どうしたら自分の手に、大根を上手に回すことを「教え」られるか。そこを考えるのが大切なのだ。楽をしようとか、手順を省こうと考えるのではなく、むしろ一歩ずつ前に進む為に、工夫が必要なのだ。

夕餉の膳を客に出し終えると、いよいよ賄いの支度だった。

賄いはやすとおうめさんの二人で作る。とめ吉はお客の膳が下げられて来ると、皿や器を洗う仕事で大忙しになる。平蔵さんと政さんも後片付けを始める。

政さんは、やすが何を作っているのかあえて見ようとしない。一切口出しせずにいようと決めているらしい。

「梨をこんな風に使うなんて、初めてですよ」

下ごしらえをしながら、おうめさんが楽しそうに言った。

「梨ってのは水菓子でしょう。それをこんな風に料理するなんて、面白いですねえ。なるほど、一膳飯屋じゃこんなことは考えもしなかった」

「わたしも昨日からずっと考えていて、さっきようやくこれを思いついたんです。美味しくできるといいんだけど」

「大丈夫ですよ、きっと美味しいです」

おうめさんにそう言われると、なんとなく自信のようなものが湧いて来た。おうめさんは気軽にお世辞を口にする人ではないように思えた。彼女も料理人なのだ。これならきっと美味しい、と本当に思ってくれたからそう言ったのだろう。

支度が整い、あがり畳の上に大皿を置く。賄いは仕事が終わった者から食べることになっていて、おかずは大皿に盛ってめいめいが食べたいだけ取ることになっている。今夜のおかずは二品。それに味噌汁。

味噌汁はおあげと大根の千六本。紅屋では夕餉にも米を炊くので、温かいご飯だから湯漬けにはしない。

「あらま、綺麗だね！」

おはなさんが言った。

「これは何かを梅で和えたのかい」

「へえ」

「なんだろね、大根のようだけど……あら、なんだろう、大根にしては甘酸っぱいね。辛味もないし……」

「そいつは、梨だ」

政さんが言って、珍しく自分も畳に座った。普段は他の奉公人たちが食べ終わってから食べるのだが。

「どれ、ちょっとよばれてみようか」

政さんは、小皿に梨の梅和えを少しとり、口に入れた。

「……なるほどな。梨はこのしゃくしゃくとした歯ざわりが身上だ、生で料理するのはまあ当然か。けどこの、少し甘く味付けた梅肉はなかなかいい。酢の物では箸休めにはなっても飯のおかずには物足りねえが、この梅肉の味は白い飯に合う」

「なんとまあ、梨かい。梨をおかずにするなんて、変わってるねえ」

「おはなさん、どうだい。美味いかい」

「ええ、美味しいですよ」

　おはなさんはそう言ったけれど、それほど心が躍っていないというのが顔つきでわかる。人は誰でも、本当に美味しいと思うものを食べた時は心が躍り、それを隠すことなどできないものだ。だが、それはそれで構わなかった。梨の梅肉和えは、梨の歯ざわりを楽しんでもらえたらそれでいいのだ。

「こっちの皿のは、おろし和えだね？　この茶色のは、魚かい」

「へえ、お客に出した平目の残りです。酒と醤油に漬《つ》けて味を染《し》み込ませてから、かたくりの粉をまぶしてごまの油でじっくり揚げました。それに出汁と醤油などで味をつけ、おろしを加えた汁をかけてあります。小骨や縁側も食べられます」

「これは美味しそう」

　おはなさんは、箸でとった魚をご飯の上にのせた。

「うん、美味しい！　おやすちゃん、これ美味しいわ。でもなんか……大根の辛味があまり感じられなくて、代わりにピリッと辛いものが」

「唐辛子《とうがらし》です。そのおろしは大根も混ぜてありますけど、実は梨なんです」

「このおろしも、梨！」

「へえ。梨はすりおろすと甘みが出るので、味を引き締めるのに唐辛子を入れてます。

でも梨の甘みのおかげで味醂も砂糖も使わずに済んだので、とても軽く仕上がっていると思います」

「あら、ほんとだ。揚げ物なのに、さっぱりしてる。ほんのり甘いのがいいわねえ。だけどなんだって、梨をこんなふうに？」

「へえ、実は、政さんから梨を使って賄いのおかずを作ってみなさいとお題をいただきました」

「あらま！　それならこれは、おやすちゃんの試験なのかい！」

「はは、試験だなんて大袈裟《おおげさ》だ。名残りの梨を買ってみたんだが、ちょいと傷んだとこがあったりしてな、客に出す料理には使えない。けどな、せっかく頑張って実った、この秋最後の梨の実だから、何か面白い食べ方ができねえかな、と思ってな、おやすに考えさせてみたんだよ」

「そうだったのかい」

「実のところ、梨を使った献立は数多くあるんだが、どれももう一つ飯のおかずに向かねえなあと思っててな。おやすだったら面白いことを思いつくんじゃねえかって、まあ楽しみにやらせてみたんだ。しかし梨をおろしちまうってのは、考えたな」

「へえ、梨の良さはしゃくしゃくする歯ざわりにあるんですが、それにばかり気を取られて、どうしても生で料理することから考えが離れられませんでした。梅肉や胡麻《ごま》などで梨を和える料理は料理の本にもいくつか載っています。新しい料理とは言えません。それに、賄いで出すならご飯のおかずになるものでないと。たまたま今日はお膳の主役が平目でした。刺身にひけない小さな平目もありました。これは賄い用に一緒に買ったのだろうと」

「うん、平さんが魚竹から、小さいのを安く仕入れてくれた。煮付けにでもして賄いに出そうかと思ったんだが、骨ごと揚げれば残さず食えるな」

「揚げた豆腐や野菜、魚に、おろしを入れた出汁をかけたものはご飯によく合います。残った汁をご飯にかけても美味しいです。それなら、梨を一緒におろしてみたらどうかと思いました。味醂は料理の味を膨らませ、丸くまとめてくれるのですが、風味が強いので魚には使いづらいと思っていました。ましてや平目は、白身で品のいい味です。味醂の風味で味が重たくなる気がしたんです。梨のほのかな甘みがちょうどいいと思いました」

「なるほどな。梨の歯ごたえにこだわるのをやめたところが、おまえさんの成長だな。だが未練はあったわけだ。だから梅肉和えも作った」

「へ、へえ」

やすは図星をつかれて少し恥ずかしくなり、下を向いた。

「未練というより……自信がありませんでした。梨の良さを最大限に活かすなら、やはり生で料理した方がいいんじゃないか、シャクシャクとした歯ざわりを残した方がいいんじゃないか。最後まで、そこを思い切ることができなくて。すりおろして熱を加えてしまえば、歯ざわりはまったく梨らしくなくなってしまいます。それでいいんだ、という自信がもうひとつ持てませんでした」

「別にいいんじゃないかい？　あたしは両方食べられて幸せだよ」

おはなさんが言って笑った。

「おかずなんざ、多くて悪いことはないんだから。どっちもご飯によく合うし、どっちも美味しいじゃないか。ねえ政さん、おやすちゃんは合格でしょ」

「だから試験したわけじゃねえんだよ」

「でも試したんじゃないか、おやすちゃんの腕を」

「まあな、腕というよりは……なんて言うかな、おやすの、料理人としての気持ち、心意気みたいなもんを、名残りの梨で見せてもらおうかな、と思ったんだ。おやすが、傷みかけた季節はずれの梨を料理することに、どこまで深く考えられるか。お客には出さない賄い作りに、どこまで本気になれるのか。いや、わかってる。いつだっておやすは料理に対して真面目だし本気だってことは、わかってるよ。ただそれでも、毎日同じような仕事を続けている中で、おやすがどれだけ成長したのか知りたくなるんだ。包丁さばきや味加減が上達しているのはわかっても、おやすの胸のうちまでは覗けないから」

おはなさんが噴き出した。

「ちょっと政さん、あんたそれはね、親心ってやつだよ。父親《てておや》には年頃になった娘の気持ちがわからない。だからそれを知りたい、ってさ」

政さんが照れたように額の汗を拭《ぬぐ》ったので、やすも思わず笑い出した。

次々と仕事を終えた奉公人たちが夕餉を食べに現れる。みんな、梨の梅肉和えも揚げた平目のおろし和えも、美味しいと言って食べてくれた。最後にとめ吉と二人、いつものように空樽《あきだる》に座って箸をつかう。とめ吉がご飯をおかわりしたので、鍋に残っていた大根と梨のおろしがたっぷり入った汁を飯にかけてやった。とめ吉があまり夢中で食べたので、喉《のど》に詰まらせないかとひやひやした。

とめ吉が紅屋にやって来たのは年が明けて間もない頃だった。あとふた月半もしたら、一年になる。

とめ吉はもともと大柄な子のせいか、特にこの一年で背が伸びたとも思えないのだが、それでも立ってみればもう、やすとさほど違わないところに頭がある。よく食べているせいか、からだはひとまわり大きくなり、肉もついて来た。農家の出なのに、白い飯をたくさん食べたのは初めてだと言う。米は年貢として取り立てられてしまうから、お百姓が自分たちで食べる分はあまり残らないのだ。なので粟《あわ》やひえを混ぜたり、大根などを一緒に炊き込んだりして米を大事に食べる。真っ白なご飯などは、年に何度もない贅沢《ぜいたく》なのだ。

それにひきかえ、江戸でも品川でも、町の人々はとにかく白い飯を食べる。おかずは少しでいいからたくさん白い飯を食べるのが、町人の習わしだ。

白い飯は美味しい。けれど、米を作る人々は白い飯を好きなだけ食べられない。やすにはそれが不思議だったし、何かが間違っているような気がしてならない。

「おやす、ご苦労だったな」

政さんが帰り際に言った。

「約束通り、豚の肉をおまえさんに料理させてやろう。ちょいとつてをたどるから、ひと月ほど待ってくれるか」

「へえ、楽しみにしています」

「ははは、以前はももんじって聞いただけで顔をしかめてたもんだが、随分と変わったなあ」

「薩摩のお人たちが食べてなんともないものなら、ももんじを食べても罰が当たることはないと思いました」

政さんが帰り、やすはとめ吉と台所を掃除して戸締りを終えた。二人でしまい湯に入り、湯冷めをしないように床につく。

おうめさんが来て、三人で部屋を使うようになった。おうめさんは寝つきの良い人で、やすととめ吉が部屋に戻る頃には、小さないびきが聞こえている。

やすは少しの間、行灯《あんどん》の光で書物を読む。とめ吉は寝床にもぐりこむとすぐに寝息をたて始める。

が、その夜は、とめ吉の方から話しかけて来た。

「おやすちゃん、政さんがぶたの肉を料理させてやると言ってましたね」

「うん、とめちゃん、ぶたの肉も食べたことあるの？」

「いいえ、おいらは猪しか食べたことないです。でも、猪とぶたは似ていると、江戸に奉公に出ている姉ちゃんが、藪入《やぶい》りで帰った時に言ってたんです」

「お姉さまはどこでぶたを見たのかしら。お姉さまは薩摩のお屋敷にご奉公に出ているの？」

「まさか」

とめ吉は、くっくっ、と笑った。

「小春《こはる》姉ちゃんは、お転婆で駆けっこが好きで、とてもお大名様のお屋敷に奉公できるような女じゃないです。おいらの村からお大名様のお屋敷に奉公にあがった女の人は、お庄屋《しょうや》のおせんさんだけです」

「薩摩様のお屋敷以外にも、ぶたを飼っているところがあるのね」

「へえ、目黒《めぐろ》村にあるそうです」

「目黒村……品川から近いわ」

「ぶたは猪に似ているけど、猪より顔が丸かったそうです。牙《きば》も短くて、毛も少なくて、うんと太っていたようです」

肉を食べる為に飼っているのだから、太るように育てるのだろう。

「おいら、ぶたを見てみたいな」

「そう。でも料理に使うのは、肉にしたものだから……」

「そうですよね。生きたぶたを連れて来るんじゃないですよね。でも楽しみだな。猪に似ているんだから、ぶたも美味いですよね」

「とめちゃん、猪の肉が好きだって言ってたわね」

「へえ、おいら、猪鍋が好きです」

「その猪鍋だけど、お味噌で味をつけるのよね？　他に何を入れていたか、憶えてる？」

「えっと……野菜は、大根と、芋と、葱《ねぎ》と、山で採ったきのこも入れます。せり人参もあれば入れます。あとは……」

「お出汁は？　鰹節《かつおぶし》？」

「鰹節は高いし村では買えないので、正月の煮物を作る時にしか使わなかったです。いつもは干したきのこを少し入れてました。でも猪鍋は肉から味が出るから、出汁はとらなくてもいいんじゃないでしょうか」

　確かにそうかもしれない。野菜からも味は出る。肉の味はおそらく強い。鍋でそれらが重なれば、充分に出汁になる。さらに味噌を重ねるのだから、余計な味が多すぎない方が良さそうだ。

「豆腐も入れます。豆腐も村では買えないけど、おっかあは豆腐の作り方を知ってるんで、たまに作ってました」

「肉と野菜は一緒に入れるの？」

「……どうだったかな。あ、先に鉄鍋に湯を沸かして、湯がぐらぐらしたら肉を入れてました。それでしばらくしてから、芋とか野菜を入れてました」

やはりそうか。おさきさんの話では、ぶたの肉が煮ても柔らかくならなかったと。猪の肉はぶたよりさらに硬そうだ。おさきさんが思ったよりもずっと長く煮る必要があるのだ。

「お酒とか味醂とか、入れていた？」

「味醂も村では見たことないですよ。お庄屋とかの家では使ってるかもしれないです。酒は、鍋になんか入れたらおとうが怒ります。もったいないって」

酒も味醂も使わず味噌だけで味つけするとしたら、鍋がしょっぱくならないだろうか。肉の臭いを消すには、かなり味噌を入れないとならないように思うのだが。それとも、肉のあぶらのせいで甘みが出るのかもしれない。

獣の肉を長く煮込むと、やすがこれまで知っている味とはまったく違う味が出るのかも。

やはり、魚とはまるで違うようだ。魚は野菜よりも早く火が通るし、長く煮ると味が抜けて硬く縮んでしまう。だが獣の肉は、囲炉裏《いろり》にかけた鉄鍋で、ゆっくりと煮るのに向いているようだ。

あまり喋《しゃべ》っているととめ吉が寝られないので、もっともっと聞き出したい気持ちを抑え、やすは行灯の火を消した。

とめ吉の寝息が聞こえて来ても、やす自身は目が冴《さ》えて眠くならなかった。魚とは違う。でも多分、鳥ともまったく違うだろう、獣の肉。

鳥の肉は魚よりは長く煮ないと味が出ないが、煮すぎると硬くなり味が抜ける。野菜と一緒に鍋にするが、あぶらは皮に多いので、皮を適当に剝いで煮れば、あぶらが浮き過ぎたりはしないし、臭みもさほどない。鴨や雁、雉《きじ》、鶏、鶉《うずら》とそれぞれに違った風味はあるが、臭くて食べられないようなことはない。ただ、鴨はしめたばかりだと肉が硬く、血の臭いもあって味も良くない。獣の肉はどうなのだろう?

いろいろと考えていると、すっかり楽しくなってしまった。これはあの、えげれすの七味《なないろ》を使った料理を考えていた時以来の胸の高鳴りだった。

結局、暗闇《くらやみ》に目が慣れてしまい、やすは延々と新しい料理について考え続けた。ようやくうとうとしたと思ったら一番鶏《いちばんどり》の鳴き声が聞こえ、とめ吉が起き出して一人で身支度を済ませ、布団を畳み始めたので目が覚めた。

雨戸の隙間《すきま》から漏れるうっすらとした夜明けの光の中で、とめ吉の横顔が妙に頼もしく、男衆らしく見えて、やすは微笑《ほほえ》んでいた。

九　霜月の夜

神無月《かんなづき》が終わり、霜月《しもつき》に入るとめっきりと寒くなった。

紅葉の季節が過ぎると旅人の数も減り、呑気な物見遊山《ものみゆさん》の人たちよりも、急ぎ足で出立する商人や、何やら藩命を受けているのか緊張した面持ちのお武家様が多くなる。お武家様、と言っても、宿代がさほど高くない紅屋にお泊まりになるのは、質素なななりをした方々ばかりだ。路銀はきちんと帳面につけて藩に報告しなければならないのだろう、部屋に通されて出される菓子は銭がかかるのか、とか、夕餉で酒を頼むと徳利《とっくり》一本いくらなのかなど、細かなことをあれこれ尋ねられて面倒だ、などと部屋付き女中たちが笑っている。それでも品川に宿を取ることができる藩は、羽振りがそこそこ良いところばかりらしい。藩によっては莫大《ばくだい》な借金を抱えているところも少なくないらしく、宿代が高めで遊ぶところの多い品川に泊まることを禁じているところもあると、番頭さんが言っていた。一方で、相模屋《さがみや》を始めとする、宴会もできる飯盛旅籠《めしもり》には、遊びにやって来る若い侍や浪士の姿が日に日に増えている。彼らはどこから遊ぶ金を得ているのだろうと、番頭さんは首を傾《かし》げていた。藩によっては武士も上と下に分かれていたりして、下士《かし》と呼ばれる人々の禄《ろく》は大層少なく、大店の奉公人の方が暮らし向きがいいこともあるとか。お武家様の暮らしというのは、やすにはさっぱりわからないが、そうした下士の人々は、意外と自分たちに近いものなのかもしれない。

少し気がかりなこともあった。

お小夜さまからの文に、お子さまが病弱のようだと書かれていたのだ。流行り病や子供が罹《かか》る病をもらわないように、来客があってもお子さまには目通りさせず、お小夜さまご自身も外に出ることを控え、家中で気を配っているのに、次から次とお熱やお咳《せき》に悩まされ、乳を飲むよりも重湯に薬を混ぜたものを飲む方が多いくらいだ、と書いてあった。

そのことをおうめさんに話すと、おうめさんはにこやかに言った。

「十草屋さんって薬種問屋さんなんですよね。だったらいいお薬があるんだし、きっといいお医者さんも知ってらっしゃいますよ。そんなに心配しなくていいと思います。うちの子もそうだったけど、生まれたばかりの赤子は意外と病にかからないんです。それが、半年が過ぎる頃からいきなり熱を出したりするようになって、年が明けて二つになると、びっくりするくらいよく病にかかるんですよ。もう次から次です。熱が出た、咳が出る、お腹をくだす。治ったと思ったら次の病。そうやって、段々丈夫になっていくんだと思います」

「それなら、お小夜さまのお子さまが特に病弱というわけではないのかしら」

「そう思いますけどねぇ。この夏に生まれたお子さんなんですよね？　だったらそろそろ、いろんな病にかかり始める頃ですよ。それに夜泣きも始まって、疳《かん》の虫も騒ぎ出して、母親になったばかりだとおろおろしちまいますよね。あたしらは長屋のおかみさん連中にいろいろ教えてもらえるし、たいていは一人二人、赤子を泣き止《や》ませるのが上手なおかみさんがいたりするんで、なんだかんだ助けてもらえますけどね、大店の若奥様じゃ、気楽に赤子を預けられるご近所さんなんかいないでしょうし。でもどうなんです、そんな大店なら、お乳をあげてくれる乳母《うば》さんはいるんじゃないですか？　そういう人には、何人も子供を育てた人が雇われるもんですよ。だからその人に任せてしまえばいいんですよ。あんまり心配し過ぎていたら、ご自分が参ってしまいますよ」

「お小夜さまの為に何かしてさしあげたいんだけど……わたしは赤子のことを何も知らないし、何の役にも立てなくて……」

「だったら、こんなのはどうです？　そろそろ半年になるなら、お乳の合間に、すまし汁の塩気が少ないのとか、薄い粥《かゆ》の上澄みとかを飲ませるようになります。そのうちに歯が生えるんで、一、二本歯が出て来たら、すりつぶした粥や、つぶした芋を裏ごしして湯でゆるく溶いたのとか、食べさせるようになるんですよ。二つになったらお乳と赤子の食べ物は半々くらい、三つになる頃にはお乳は少なくして、というように、これから二、三年は、赤子の食べ物を別に作らないとならないんです。それも歯が増えるのにつれて、ちょっとずつ硬くしていかないと。まあけっこう面倒なもんなんですよ、赤子の食べ物を作るのって。もちろん、そうしたことに詳しい女中さんがちゃんと雇われているんでしょうけど、おやすさんが考えた赤子の食べ物の作り方を絵に描《か》いて、文にするんです。若奥様がご自分で作られなくても、そんな文を読めば、心強く感じてもらえるんじゃないですか？」

「でもわたし、ややこの食べる物のことは何も知らなくて」

「おやすさん、書物を読むの、好きですよね？　育児指南の書物がありますよ。あたしは難しい字がまったく読めないから読んだことありませんけどね、子供を産んだ頃暮らしてた長屋に、ちょっと学のあるお人が住んでらしてね、その方が持ってらして、こんなことが書いてある、あんなことも書いてあったと教えてくだすったんです。ご浪人様でしたけど、以前はどこかの藩で学問を教えていた方だったとか。どんな事情でご浪人になられて江戸住まいされてるのかは、まあ噂《うわさ》はいろいろ聞きましたけどね、どれも根も葉もない噂だったと思います。本当のことは何もわかりません。でもとっても親切な方でした。……高潮でその長屋も流されちまって、そのあとはどうされたんだか……あたしと亭主は、店を持った時に長屋を出て、店の二階で暮らしてましたから。でも、有名な育児指南書だとかで、番頭さんにでも訊いてみたら、どこで借りられるかわかるかもしれませんよ」

赤子の食べ物。そんなものがあることすら、やすはろくに知らなかった。歯が生えるまではお乳を飲ませ、そのあとは普通にものを食べるのだろうと漠然と思っていた。幼い弟の面倒をみていたと言っても、やすが物心つくまでは、誰かが弟を育ててくれていたのだ。長屋のおかみさんが代わる代わる、弟の面倒をみてくれていたのだろうか。だとしたらその頃までは、おかみさんたちにお礼を払えるくらいの甲斐性《かいしょう》は、父にもあったということか。やすのいちばん古い記憶の中では、もう父は酒と博打《ばくち》に溺《おぼ》れていた。弟は大人と同じものを食べていた。

いや。

記憶が混乱している。やすは、そのことに気づいてハッとした。

やすは確かに、継母、父の後妻になった人のことを憶えている。とても優しい人だった。やすのことを本当の娘のように可愛《かわい》がっていてくれた。けれど、その人は、弟、平吉《へいきち》を産んでまもなく亡くなったはず。だとしたら、自分は平吉が赤子だった頃のことを憶えていることになる。

そして、やすはもちろん平吉にお乳はやれなかったし、赤子用の食べ物を作った憶えも食べさせた憶えもない。

母の死後、誰が赤子の平吉に、そうした物を食べさせていたのだろう。父？　長屋のおかみさん？

得体の知れない不安が、やすの胸に満ちて来た。神奈川で暮らしていた間のことが、どうもすっきりしない。父が働かなくなり、お金も食べ物もなくなって、弟と二人毎日毎日、食べられる物はないかと歩き回っていた、あの辛さと惨めさ、怖さばかりが記憶に刻まれていて、他のことはすべてぼんやりしてしまっている。

平吉とは、三つ違いだったはず。だとしたら、平吉が赤子の頃のことを本当に憶えているかどうか、少しあやしい。だが平吉の母であるおきぬさんのことは、確かによく憶えているのだ。

もしかすると、おきぬさんが平吉を産んでほどなく死んだ、というのが間違っているのかも知れない。おきぬさんは、少なくともやすが五つくらいになるまで生きていたのだ。それなら辻褄《つじつま》が合う。おきぬさんが死んだ時、平吉はもう三つか四つだった。

お乳は終わっていたし、歯も揃っていた。だから赤子の食べ物を誰かが作らなくても、大人が食べるものでなんとかなった……

胸にもやもやしたものを抱えてしまい、やすは戸惑っていた。父に売られて、女衒《ぜげん》の勘違いですずめ屋に連れて来られた時から先のことは、やすにとって「これまでの人生のすべて」だと思っている。だからその前のことは、忘れるように努めて来た。思い出しても辛いことばかりで、忘れてしまう方が楽だったのだ。

平吉はどうしているだろう。

考えると辛くなるので、平吉のことは考えないようにしていた。けれどももちろん、忘れることなんて出来なかった。勘平《かんべい》を平吉のように思っていたこともあった。そして今は、とめ吉といると平吉に面影が重なることがある。でもやすの知っている平吉は、まだ五つだった。今は十四になっている。平吉がどんな大人になったのか、やすには知るすべがない。

やすを女衒に売ると決めた時、父は平吉のことも手放すことにした。やすがいなければ、一人で子供など育てられないと父にはわかっていた。平吉は、死んだおきぬさんの里に引き取られた。平吉が、おきぬさんの親戚の人に連れられて神奈川を去る朝は、暖かくて湿った朝だった。海からもやが出て、村中が白く霞《かす》んでいた。涙が止まらず、もやのせいもあって、やすの目に去って行く平吉の背中は小さくぼやけていて、まるで夢の中にいるようだった。平吉は明るく笑っていた。おばあさまにお会いしに行くだけだと思っていたから。日が暮れる頃には帰って来ると思っていたから。おばあさまのところに行けば、お腹いっぱい美味しいものが食べられるんだよ、と、迎えに来た人に言われて喜んでいたから。

幼いやすにもわかっていた。それが今生の別れであることが。もう二度と、可愛い弟に会うことはできないということが。

自分は、お女郎さんになるんだ。これから遊郭《ゆうかく》に連れて行かれて、そこで働かされて、年頃になったらお女郎さんになる。何をすればいいのか、させられるのかは知らなかったけれど、長屋のおかみさんたちが目に涙を浮かべていたので、察することはできた。おそらくきっと、辛い思いをすることになるのだろう。やすはただ、願っていた。ご飯を食べさせてもらえますように。どんなことをさせられるにしても、ご飯さえ食べさせてもらえるのなら、今よりましなんだから。

やすを引き取りに男の人がやって来た朝、父は布団から出て来なかった。風邪《かぜ》をひいた、頭がいてえんだ、と言っていたけれど、おそらく嘘《うそ》だろう、と思った。女衒が紙包みを開いて中の小判を見せると、父は布団から這《は》い出して来て、ひったくるようにその金を受け取り、ようやくやすに顔を向けて言った。

「よかったな、おまえ。これからは、綺麗な着物を着て、白い飯を食えるんだぜ」

小判は何枚あったのかしら。わたしは、いくらで売られたのかしら。あの頃は色が黒くて不器量だったから、きっととても安かったのだろう。その程度の金では、博打で負けたら一晩でなくなってしまう。

父は漁師に戻る気はなかっただろう。やすを売って金を作ったのは、借金を返さないとひどい目に遭《あ》うから。借金はすべて返せたのだろうか。借金を返して神奈川を出て、どこかで真面目に働いて生きていてくれるといいけれど。

様々なことを一度に思い出して、やすの心は暗く沈んだ。

❖

そんなことがあったせいか、その夜もなかなか眠れなかった。とめ吉の穏やかな寝息を耳に留めながら、やすは雨戸の隙間から漏れて来る月の光を眺めていた。光は細い帯になって部屋の中に入って来る。その光の帯に、埃《ほこり》が浮いて光っている。

きらきらと、美しかった。部屋の埃など美しいはずがないのに、月の光の中では、とても美しかった。

不意に、月が見たい、と思った。

埃のひとつぶまで美しく輝かせてしまう、月が見たい。

とめ吉とおうめさんを起こさないように、そっと布団から抜け出した。廊下にでると、階段の上に置かれている行灯の火はまだ消えていなかった。

階下に降りて台所を抜け、勝手口の心張り棒を外した。

戸を開けると、霜月の冷たさが一気に襲って来た。やすはそれでも、寒いとは思わなかった。

外に出て、いつも腰掛けている平らな石に座り、空を見上げる。月はまだ、空の高いところにあった。

青白い光が煌々《こうこう》と、夜を照らしている。

やすは、ただ月を見つめていた。余計なことは考えたくなかった。

神奈川での暮らし、おきぬさんのこと、父のこと。そして平吉のことを久しぶりに思い出してこみあげて来た、懐かしさと悲しさ。平吉に逢《あ》いたい。弟に、逢いたい。

自分はお女郎さんにはならなかった。お女郎さんは死ぬまで遊郭を出られないと長屋のおかみさんに聞いていたので、あの時は今生の別れと諦《あきら》めたのだ。けれど、今なら平吉に逢いに行けるのではないだろうか。おきぬさんの里は、どこにあるのだろう。憶えているのは、おきぬさんの親戚の人が旅装束《たびしょうぞく》をしていたということだけ。旅装束で現れたということは、神奈川から歩いて日が暮れる前に辿《たど》り着ける場所ではない、ということだ。

やすは何度も首を振った。考えてはだめ。苦しいだけだから。自分は紅屋の奉公人だ。仕事を放《ほう》り出して旅になど出られない。

それに、自分が逢いに行って平吉が喜ぶとは限らない。きっと平吉は、神奈川でのことは何も憶えていない。引き取られた先で養い親に育てられ、それなりに幸せに暮らしているに違いないのだ。憶えてもいない、母の異なる姉が突然現れたりしたら、迷惑だと思うかもしれない。

それに、逢いに行ってどうするの？　何を話すの？

「おやすさん」

不意に背中から声をかけられて、やすは驚いて小さく声をあげてしまった。

「ごめんなさい、私です」

空から降り注ぐ月の光の中に立っていたのは、山路《やまじ》一郎さんだった。

「あ…」

やすは声を出せずに、ただ瞬《まばた》きしていた。

「こんな寒いところで、何をなさっているんです？　風邪をひいてしまいますよ」

一郎さんの声は優しかった。

「ね、眠れなくて」

やすは、ようやく声を出して答えた。

「……寒さには慣れております」

「そうは言っても、あなた、寝支度ではありませんか。せめて何か羽織らないと」

「大丈夫です」

「いえ、いけません。そうだ、これでも羽織れば少しはましになります」

よく見れば一郎さんは、いつもの気軽な服装ではなかった。羽織を着て、髪もきちんと武士らしく結い上げている。その羽織を脱いで、やすの肩にかけた。

「いえ、本当に。こんな上等なものを」

「構いませんよ。私はしっかり下物をつけていますから、これがなくても寒くはありません。実は高輪で父の知人の通夜《つや》があり、お悔やみに参ったので、こんな格好をしているんです。父は通夜酒によばれてまだ飲んでいます。私は酒はまだ飲めませんし、一人で先に帰ると出て来たのですが……高輪まで来ると品川はすぐですから……どうしても、ここに来たくなってしまいました。来たからと言ってあなたはとうに寝ておられると思っていたので、ただ裏庭に立って……眠っているあなたに……」

一郎さんの声が、不意に揺れてくぐもった。

「あなたに……お別れを告げようと思っておりました」

一郎さんは、やすの横に腰をおろした。

「もちろん、きちんと文を書くつもりでおりました。ただ、あなたのそばに来て、文ではなく自分の声で、お別れを、と思ったのです。……まさかあなたが起きておられたとは」

やすは何も言わなかった。

何か言おうとしたら、きっと泣き出してしまう。

けれど、一郎さんに感謝していた。決心してくれた、一郎さんに。

「考えました。あれからずっと、毎日毎日、考えていました。今でも私の気持ちは変わっていません。他の女の人と夫婦《めおと》になるなんて、嫌です。夫婦になるなら、あなたしかいない、と思っています。だから無茶をしてでも、父にあなたのことを認めさせよう。初めはそう思いました。ですが、さらに考え続けているうちに、気づいたんです。大切なことは、私がどうしたいのかではないんだ、と。あなたを幸せにできるかどうか、それを考えなくてはいけないのだと。無理をしてあなたと夫婦になったとして、仮に父がそれを認めたとしたら、私は武士のままでいることになり、あなたは武家に嫁入りすることになります。武家の嫁が旅籠の料理人を続けることはできません。いや旅籠だけではなく、どんな肩書きであれ、料理人と呼ばれる人であることは続けられないのです。武家の嫁は、未亡人にでもなるか、よほど生活に困らない限りは、家の外に出て働いたりはできないのです。他の家の奥方を集めて料理を教えるくらいのことはできるでしょう。でも、それが本当にあなたが望む形なのか。あなたが幸せだと思える日々なのか」

一郎さんは、深くため息をついた。

「それでは私が武士の身分を捨てればいい。その覚悟も一度はしました。父に勘当されてもあなたと夫婦になればいい。刀も名字も捨てて、町人として生きればいいんだ。ですが……私はまだ子供です。手に技も持っていません。刀を捨てたところで、私にできる仕事などたかが知れています。金は稼げず、貧乏をすると思います。私はそれでもいい。けれど、そんな不甲斐ない私を見ていて、あなたはどう感じるだろうか。自分のせいでそんなことになったのだと、あなたならきっと、自分を責めるでしょう。あなたはそういう人です。あなたは私に、家に帰れと言うでしょう。私が聞き入れなければ、きっとあなたは……自分から身をひいて、私の前から消えてしまうでしょう……あなたが大好きな、紅屋の仕事も諦めて。そこまで考えて、やっとわかりました。私は……あなたの枷《かせ》にしかならない。あなたの邪魔しかできないのだ、と」

「そんなことはありません！」

やすは思わず、声を大きくした。

「そんな風に思わないで。一郎さんは……枷でも邪魔でもありません。わたしは……楽しいです。あなたといると、楽しい。胸がときめいて、温かいものがこみあげて来ます。あなたと一緒に、雲や星を眺めていたい。本当にそう思っています」

「はい。そのことは信じています。でも……それでもあなたは……料理人であることを選ぶ。それがあなたの、真実だからです。あなたは、包丁を握り、鍋の音を聞き、そうやって生きていく人です。それは誰にも変えられないし、変えてはいけないものなのだと思います」

やすは、一郎の言葉を打ち消したかった。一郎と料理のどちらを選ぶのか、もちろんあなたです、と言いたかった。それなのに、言葉は出なかった。

「身分ではありませんでした、本当の問題は。あなたは、どうやって生きるか、何をして生きるか、そこに迷いがない。私にはまだ……それがありません。どうやって生きたいのか。何をして生きたいのか。二人で過ごす時はこの上もなく楽しい。このまいつまでも……仲の良い姉と弟のようにいられるのなら……たまに二人で屋根にあがり、夜空を眺めて微笑みあう、それだけでいられるのならば、それでいいのかも知れません。でも、そのままでいるのは無理です。私はあなたを、妻にしたいと思ってしまったのですから。姉ではなく、妻にしたいと。私にその気持ちがある以上は、時々夜空を眺めるだけの二人でい続けることは、もうできません。それでは私は、あなたにも、そして自分にも嘘をついて生きることになります」

一郎さんが、体の向きを変えた。月の光の中で、一郎さんの目に涙が光っているのが見えた。

「あなたのことを、好いております。この世に生を受けて初めて、こんな気持ちになりました。ですが、この想《おも》いは諦めます。これでお別れです。もう、お会いすることはないと思います。お会いしてしまえば、諦めた想いにまた囚《とら》われてしまいますから。

ただ、最後に」

　一郎さんが、言葉を切ってやすを見つめた。

「最後に……あなたをこの目に焼き付けておきたいのです。おやすさん、私はきっと、生涯あなたを忘れないと思います。少しずつ日々の暮らしに流され、時に洗われて、この胸の痛みは薄れていくかも知れない。けれど、あなたのことはずっと、心に残ってしまうと思います。それならば、あなたのお顔を……あなたの目の輝きを、大切に憶えていたい。もう言い訳はしません。私は結局、父の望む通りに生きることになります。天文方《てんもんかた》となり、決められた人を妻に迎えるでしょう。そんな私にも、自分に何がしたいのか、どう生きたいのか、それがわかる日がいつか来るのでしょうか。その日が来たらやっと、私は心の中のあなたに追いつける。そう思います」


月が雲に隠れて、互いの顔が見えなくなった。

やすの額に、一郎さんの額がそっと押し当てられた。おでこを通して、一郎さんの熱が伝わって来た。額と鼻の先を押し付け合いながら、二人はじっと動かずにいた。

やすは目を閉じた。涙がどうしようもなく流れ落ちた。

やがてまた、月が出た。やすが目を開けると、一郎さんも目を開けてやすを見ていた。
忘れない。やすは思った。わたしも、あなたのことを忘れません。
再び雲が月を隠した時、一郎さんが立ち上がる気配がした。やすは、また目を閉じた。
一郎さんの匂《にお》いがする。
この匂いのことも、わたしはきっと、忘れないだろう。
「それでは、これで失礼いたします」
一郎さんの声がした。やすは目を閉じたままで頭を下げた。
去って行く姿は見たくない。それが最後に心に刻まれる姿になるのは嫌だ。
最後の一郎さんは、いつまでも、月の光に美しく輝くお顔をしていてほしい。
草履《ぞうり》が土を滑る音が、次第に遠ざかる。
一郎さんの匂いも、少しずつ消えて行く。

あ、羽織！
やすは、肩にかかったままの一郎さんの羽織を思い出し、立ち上がって駆け出そうとした。

けれど、その足を止めた。一郎さんの姿はもう、裏庭から消えている。

羽織は、文と共においとさんに託そう。おいとさんなら、すべてを察してくれるだろう。

やすはまた、石に腰をおろした。

このまま、月が沈むまでこうしていよう。

涙は止まらない。けれど、悲しいというよりも、ただ、寂しかった。

何もかも振り捨てることができなかった。二人とも。

それが、寂しかった。

こうなるだろうと思っていた。これでいいのだ、とわかっている。

それでも、寂しかった。

十　薬と八角と桔梗さん

一郎《いちろう》さんとお別れをして、やすの気持ちはしばらく沈んでいた。自分でも驚いたことに、やすは自分がどれほど一郎さんを好いていたか、お別れをしてしまってから気づいたのだ。けれど、二人の決心は間違いではない、とやすは思った。一郎さんは、やす自身よりもやすのことをわかっていた。もし無理に二人が一緒になったとして、一郎さんのご実家がそれを許してくださったとしても、そこには我慢と諦《あきら》めがあっただろう。武士の妻、それも天文方《てんもんかた》という由緒正しい家に入ってしまえば、もう台所で好きに料理を作ることはできない。この先の長い人生、料理を作る喜びも、それをたくさんの人に食べてもらう嬉《うれ》しさも忘れて、果たして自分は生きていけただろうか。一郎さんは、そんな我慢や諦めをやすに強いることはできない、と思ってくださったのだ。それは一郎さんの、精一杯の想《おも》いだった。やすを愛《いと》おしく思ってくださっていればこその、お別れだった。

けれど、一郎さんに出逢《であ》ったことには、少しの後悔もなかった。ほんの短い間だったけれど、素敵な時を過ごせたと思う。屋根の上から見た空を、雲を、月を、やすは生涯忘れないだろうと思った。

あとはただ、一郎さんが良いひとを妻に娶《めと》り、幸せに生きてくだされば。

心にぽっかりと空いた穴を埋めるように、やすは料理のことばかり考えるようにして過ごした。

おしげさんに相談して、幸安《こうあん》先生から育児の書を何冊か借り、赤子の食べ物のことも勉強した。芋や野菜、米、白身の魚などで赤子の歯の具合に合わせて食べられるものを考えては作ってみて、子育ての経験のある女中さんたちに食べてもらって、また考えて作り直す。それを繰り返して、良さそうだ、と思った献立を文《ふみ》に書き、お小夜《さよ》さまに送った。お小夜さまからは大げさなくらいに喜んだ返事が届き、春になって、江戸の赤子の流行《はや》り病《やまい》が収まったら、日本橋《にほんばし》に来てちょうだい、と、何度も何度も書いてあった。

季節は冬になり、風邪《かぜ》も流行る頃《ころ》になっていた。水仕事が辛《つら》くなって来ても、とめ吉《きち》は泣き言一つ言わずに水汲《みずく》みや皿洗いをきちんとしている。やすは寝る前に、あかぎれの出来たとめ吉の手に、おしげさんから分けてもらった椿《つばき》の油を擦り込んでやった。本当は馬の油がいいのだが、馬の油は高価である。大旦那さまが時々、馬油を分けてくださるが、女中たちみんなで使うとすぐになくなってしまう。

「油が肌にいいくらいだから、馬を食べたらきっと風邪にも効くんでしょうね」

おうめさんが言う。

「さくら肉は美味《おい》しいって、死んだ亭主が言ってましたよ。そう言えば、政《まさ》さんが豚の肉を手に入れてくれるって言ってましたね」

「おうめさん、楽しみなの？」

「もちろんですよ。だって豚の肉はとっても美味しいって話じゃないですか。おやすさん、どんな料理にするかもう、考えてあるんですか？」

「いろいろと書物は読んでみたんだけど……やっぱり生の肉を見てみないと。とにかく魚よりも煮るのに時間がかかるみたいなの。江戸ではももんじをどうやって食べているのかしら」

「それはやっぱり、鍋《なべ》にしてるんじゃないですか」

「そうよねぇ……」

「けものの肉はどうしたって臭みがありますよ。味噌《みそ》だの生姜《しょうが》だのを入れて、野菜と一緒に煮込まないと臭みは消せません」

「おうめさんの旦那《だんな》さん、さくら肉も鍋で食べたの？」

「へえ、さくら鍋は美味《うま》かったって言ってましたよ。あ、でも、さくら肉は刺身でも食べられるんだそうです」

「お刺身！　生で食べるの！」

「そうらしいですよ。亭主が食べたかどうかは聞きそびれましたけど」

「臭みはないのかしら」

「けものによっては臭みの少ないのもいるんじゃないですか。魚だって、刺身で美味しい魚とそうでないのといますからね」

「それはそうよね。豚はどうなのかしら」

「さあ、だいたい、豚ってのがどんな生き物なのか見たことないですからねえ。目黒《めぐろ》村あたりでは豚を飼ってるって聞いたことありますけど」

やすは途方に暮れていた。生の肉を前にしてから、臭みを抜く工夫を考えていたのでは間に合わない。臭みがあるものと思って、その準備をしておくしかない。味噌を使って野菜と煮てしまえば、少々臭みが残っていてもさほど気にはならないだろう。だがそんな雑な料理なら、わざわざ豚を手に入れてもらってまで作る意味はない。

おさきさんから聞いた、腰が抜けるほど美味しい豚の煮物。せっかく作るのだから、それを是非とも作ってみたい。

おさきさんの言葉によれば、それは甘辛く煮てあったらしい。鯉《こい》の丸煮に似ているとも言っていた。

鯉は身の味の濃い、大変美味しい魚だが、池や沼などにいるので泥臭さがある。紅屋《くれないや》が買い付ける鯉は、できるだけ水の綺麗《きれい》なところで獲《と》れたものばかりだが、それでも二日ほど、真水を盥《たらい》に張ってそこに入れて、泥臭さを抜く。あまり長く置くと身が痩《や》せるので気をつけなくてはならない。そうして泥臭さを抜いた鯉をしめて血抜きをしっかりしてから、肝を丁寧に取り除き、煮魚にする。切り身にして煮れば早くできるが、豪快に丸煮にするのが好まれる。生姜や酒などをたっぷりと使い、醤油《しょうゆ》も砂糖もおごって濃い味に仕上げる。

あれに似ているということは、やはり味付けは醤油、砂糖か。味噌を使わずに臭みを消すとしたら、生姜？

でも、脂身のところがとろっとしていたとも言っていた。魚を煮付けた時も、皮や皮と身の間などがとろとろになることがある。魚によって違うけれど、あのとろとろは確かに美味しい。豚の肉も煮るとあんな風になるのだろうか。けれどおさきさんが料理しても、そうはならなかったようだ。魚を煮るのと同じ方法では、多分失敗する。

「鍋にして味噌で味をつけるだけ、みたいな料理を作ったら、きっと政さんががっかりする」

やすは思わず声に出してそう言ってしまった。この豚の料理は、梨《なし》よりもさらに大きなお題だ。だからこそ、政さんの助けをなるべく借りずに、政さんに満足してもらえるものを作りたい。おうめさんが、心配そうな顔で訊《き》いた。

「どうしてです？　豚の鍋も、おやすちゃんが作ればきっと美味しく出来ます。味噌で味付けるだけって言っても、どのくらい味噌を入れたらいいか、酒やみりんはどうするか、一緒に入れる野菜は何がいいか、考えるところはいっぱいあるんだし」

「そうね、その通りだわ。ごめんなさい。味噌で味をつけるだけ、なんて、偉そうに言ってしまった。本当に美味しい味噌味の鍋を作るのは、それはそれで難しいわね。ただ……政さんがわざわざ豚の肉をわたしに料理させようとしているのは、これまでやったことのない、新しい料理をわたしに考えさせたい、ってことのように思うの」

「これまで作ったことのない献立、ってことですか」

「豚の肉はこれまで料理したことがないから、その意味ではそうなんだけど、作ったことのない献立っていうだけじゃなくて……うまく言えないんだけど、新しい考え方、が大事なんじゃないかって。だから料理そのものは、わたしが思いついたものでなくてもいいように思うの。でも、これまでわたしがして来た料理とは違う考え方をするものを作りたい」

「違う考え方……それは、江戸や品川《しながわ》の料理とはまったく別の料理ってことですよね？　たとえば上方の料理みたいな？」

やすは曖昧《あいまい》にうなずいた。

「確かに、上方の料理はおそらく、江戸の料理とは考え方が違うかもしれない。政さんは上方の料理にも詳しいけれど、紅屋ではあまり上方風の献立は出さない。お客の好みに合わないからというよりは、品川という場所でお客に出すなら、江戸を間近に感じられる料理を出したいから、だと思うのね」

「まあそれはそうですよね。品川と言えば、お江戸のすぐ手前で、お江戸より粋《いき》な遊びのできる場所として知られてますからね。そんなところに泊まって、上方の料理が出て来たら妙な具合ですよ」

「その通りね。宿場町にはそれぞれに雰囲気があり、名物もあり、泊まる人はそうしたものを楽しみにしているんだから、それからはずれたものをわざわざ出す意味はない。でも、そんな紅屋でずっと料理を学んで来たわたしだから、まったく別の考え方をする料理、というものには触れたことがない。ううん、一度だけ、まるで考え方の違う料理を作ったことがあった。以前に品川に店を出していた人が、わたしに黄色い粉をくれたことがあったの」

「黄色い粉……鬱金《うこん》ですか」

「さすがはおうめさん、一膳飯屋《いちぜんめしや》をやっていただけあってよく知ってるのね！　そう、鬱金の色だった」

「鬱金を料理に使うことがあるってのは、聞いたことがありますよ。長崎《ながさき》の天ぷらは、こっちのとずいぶん違っていると亭主が言ってました。衣がぽってりしてて、厚いんだそうです。こちらの天ぷらは衣に味はつけませんけど、長崎の天ぷらは衣に塩や醤油、砂糖を入れて味をつけるんだとか。その衣に鬱金を入れたりもするらしいです」

「黄色い天ぷらになるのね」

「へえ、そうらしいですね。それにかなり甘いんだそうですよ。長崎は昔から砂糖が安かったんですって」

「わたしがもらった黄色い粉は、鬱金の他にもたくさんの生薬が入っていたの」

「生薬？　それって薬だったんですか」

「ううん、外国の七味《なないろ》だったのよ」

「なないろ！　外国にもなないろがあるんですね！」

「そうなの。しかも、料理をする時にはその粉の他に、唐辛子《とうがらし》をたくさん入れるの」

「はあ……生薬に唐辛子たくさん！　そんなもの、美味しいんですか」

「正直、自分で作ってみても美味しいのかそうでないのか、よくわからなかった」

やすは笑って肩をすくめた。

「魚で出汁《だし》をとって汁物に仕立ててみたんだけど……でも不思議なことに、間違ってはいない、と思えたのよ。美味しいとすぐにわかる味ではなかったけれど、自分が作ったものはちゃんとした料理なのだ、と思えたの。それが、かりい、という料理だったの」

「……かりい」

「その粉はえげれすのものだった。そしてその粉を使って作る、かりい、という料理は、えげれすが支配している別の国の料理だったの。とにかく、あの黄色い粉は、わたしがそれまで作って来たどんな料理とも違う考え方をする料理をわたしに作らせてくれた。政さんが豚の肉でわたしに作らせたいのは、そういう料理なんじゃないか、と思うの」

おうめさんは、腕組みして考えこんだ。

「それは難しいですよね……あ、そうだ。これも亭主から聞いたことなんですが、ちょっと思い出しました。長崎に、とんば煮とかいう豚の料理があります」

「とんば煮？」

「変な名前ですよね。亭主が言っていたんですが、たぶん清国《しんこく》あたりから伝わった料理じゃないかって。長崎には清国人も多いですからね。豚の、脂身と赤身とが交互になってるところを煮るんだそうです。皮のついた肉を使うとかで、長いこと煮て、とろとろにするんだとか」

「薩摩《さつま》の人も長崎には多いのかしら」

「薩摩ですか？　さあ、まあでも、江戸にだって薩摩人はたくさんいますからねえ、そりゃ江戸に出ることと比べれば、薩摩から長崎なんか近いですよ」

「おさきさんの旦那さんの従兄《いとこ》が薩摩藩江戸屋敷でご馳走《ちそう》になった豚の煮物が、腰が抜けるほど美味しかったんですって。とろとろに煮込まれていて。もしかすると同じ料理なんじゃないかと思って」

「おやすちゃんは、それが作りたいんですね？」

やすはうなずいた。

「政さんから借りた料理書には出ていなかったの。ももんじの料理は、最近は江戸の料理屋で出すところも多いけれど、以前はおおっぴらに食べるものじゃなかったから、けものの肉を使った料理の書物は少ないんですって」

「ああ」

おうめさんは、額を掌《てのひら》でぱちんと叩《たた》いた。

「あれが残っていればねえ……亭主は料理について覚書《おぼえがき》を作ってたんですよ。店で出す料理のことだけじゃなくて、見聞きしたいろんな料理のことを自分で書き留めてました。根っから料理が好きな人だったんですよね。きっととんば煮のことも、あの覚書には書いてあったと思います。でもねえ……高潮で店ごと流されちまって……。こんなことなら、亭主が生きてた時に、あたしもあの覚書を読んでおけば良かった。物事ってのはそういうもんなんですよねえ、後悔は先に立たず、って。あ！」

おうめさんは、ぽん、と拳《こぶし》を掌に叩きつけた。

「五助《ごすけ》さんなら知ってるかも！　亭主と里が同じ、長崎の出の人がいるんです。五助さんって言って、今は確か……あれ、どこだったかしらね。以前はあたしらと同じ長屋にいたんですけどね、あたしらが店を持って長屋を出た後であの大地震があって、長屋が壊れたんで江戸を離れて……ああ、そうだ！　熊谷宿《くまがやじゅく》だ！　熊谷宿の一力《いちりき》茶屋で働いてるはずですよ。五助さんの親戚《しんせき》がやってる茶屋でね」

「その五助さんも料理人なの？」

「ええ、江戸にいた頃は一膳飯屋の手伝いなんかしてて、まあ板前と呼べるようなもんじゃないにしても、ひと通りの料理は作れましたよ。里が同じ長崎で料理好き同士、亭主と気が合って仲良くしてたんです。長屋が壊れて江戸を離れることになった時に、挨拶《あいさつ》に来てくれて以来会ってませんけど、きっと今でも一力茶屋にいると思います。五助さんは亭主の覚書を一緒に読んでは、ああでもないこうでもないって料理談義で夜更かししてましたし、長崎の出ですからね、とんば煮のことも知ってると思います。

早速文を出してみましょう」

「お願いします！　飛脚代はわたしが出します」

それから十日ほどして、おうめさんが嬉しそうに言った。

「五助さんから返事が来ましたよ！　とんば煮のことも書いてあります。五助さんは字が苦手みたいで、なんか絵が描《か》いてありますけど」

おうめさんが文を開くと、なるほどそこには料理指南書の挿絵のような絵が描かれていた。たどたどしいながらも丁寧に書かれた短い文章もついていた。

「……とんば煮は、とうば煮ともよばれ、東坡煮《とうばに》と書く。東坡は北宋《ほくそう》の詩人であり、この料理を好んだ。……あらまあ、五助さんたら、北宋の詩人だなんて、随分と難しいこと書いてますね！　北宋って何です？」

「昔の、大陸の王朝だったかしら。番頭さんが大陸のことも教えてくださったけれど、わたしあまり熱心に学ばなくて……」

「あたしだってそうですよ。手習い所で権現様より昔のことも少しは習いましたけどねえ、女には必要ないことだと思ってたから、右の耳で聞いて左の耳で忘れてました」

「でも料理の歴史は、国の歴史と同じくらい古くからあるのよね。どんなことでも、学んでおいて損はないんだとやっとわかりました」

「ま、料理の名前の由来なんか味とは関係ありませんからね」

おうめさんは笑った。

「どうせ五助さんだって、誰《だれ》かの受け売りでちょいと知識をひけらかしてみたくなっただけのことです。肝心なのは作り方ですよ。その絵でわかります？」

やすは夢中になって、五助さんが書いてくれた作り方を読んだ。挿絵の横に説明が書いてある。

「……豚の肉は、三枚肉を使う。……三枚肉の絵があるわ。脂身と赤身が段々になっているのね。皮付きのまま使う。皮をよく洗い、毛が残っていたら線香の火で焼き切る」

「ひゃあ。毛が残ってる皮なんか食べたくないですねえ」

「湯を沸かし、生姜、葱《ねぎ》、酒を入れ、かたまりのままの肉を入れて下茹《したゆ》でする。肉に火が通ったらそのまま冷まし、冷めてから取り出して水気を拭《ふ》き、切り分ける。……随分大きく切り分けるのね。この絵によると」

「長く煮るので、小さいと縮んじまうからですかね」

「鍋に残った茹で汁は、冬であれば外に置いて冷やし、浮いた油を固める。固まった油をすくってから、茹で汁を濾《こ》す」

「夏はどうすりゃいいんだろう」

「すくった油はまた使う？　他の料理に使うってことかしら」

「もう、五助さんたら、わかりにくいわねえ」

やすは笑って言った。

「いえいえ、とてもわかりやすいですよ。きっとやってみたら、脂がたくさん浮くんでしょうね。紅屋では使わないけれど、けものの脂を料理に使うというのも聞いたことがあります。……せいろに肉を入れ、葱の青いところと生姜を載せ、蒸す」

「茹でたり蒸したり、まあ手間のかかること」

「やっぱり、豚の肉をとろとろになるまで柔らかくするには、それだけ手間がかかるということですね。おさきさんが失敗した理由がわかりました」

「いちいち生姜と葱を使うのは、臭みを抜くためですね？」

やすはうなずいた。

「箸《はし》で赤身のところをついて、通るまで蒸す。半刻《はんとき》ほど。平鍋になたね油をひき、蒸しあげた肉を皮目から入れる。皮目をよく焼き付ける。皮目のほかはかるく。ざらめ、酒、醬油、八角《はっかく》を入れて煮立たせ、おき火にして煮込む。……八角なんて紅屋にはないわ」

「入れないといけないんですかね」

「どうかしら。多分香りづけとして入れるのでしょうね。箸で触ると肉がほどけるまで煮込む。でき上がり」

最後の絵は、皿に盛られた肉の様子が描かれていた。でき上がり、と、五助の遠慮がちな筆で書き添えられている。

ふう、と、やすは思わずため息を漏らした。

「棒鱈《ぼうだら》ほどじゃないけど、思ったより時がかかる手の込んだ料理なのね」

「棒鱈って、あの、上方で食べる棒鱈ですか。一度乾物屋で見たことあるけど、あんなもんどうやって料理したらいいやらさっぱりわかりませんでしたよ。かちんかちんに固くって」

「丸二日かかったわ、あの棒鱈を煮込むのに。でもとても美味しいの。そうね、棒鱈を煮る事を思えば、豚の肉はそこまで時がかからない。やってみましょう。政さんに頼んで、三枚肉を手に入れてもらいましょう」

やすは決心していた。東坡煮はやすが考案した新しい料理ではない。が、それでも、この料理はやすにとって、新しい挑戦なのだと思う。目新しいことばかり追いかけるために、扱ったことのない豚の肉を料理するのではなく、初めてのものだからこそ、先人の知恵を借りることに意味がある。今回はそれをじっくりと学びたい。

❖

幸安先生の診療所は相変わらず繁盛していた。高潮で元の診療所は壊れてしまったが、同じ場所に新しい家が建てられた。幸安先生に家を貸していた大家さんが幸安先生の信奉者で、家を建て替えた上に、以前と同じ家賃で貸してくれたらしい。そうした情報は、やはり幸安先生の信奉者であるおしげさんが教えてくれた。

患者がみんな帰るまで、やすは玄関の前で待っていた。夕餉《ゆうげ》の支度を始めるまでにはまだ一刻ほどある。

最後の患者が帰るのを見送りに出て来た幸安先生は、やすの顔を見るとにっこりした。

「おや、おやすさん。お久しぶりですね。風邪でもひきましたか?」

「いいえ、わたしは元気です。今日はお願いがあって伺いました」

「そうですか。どうぞ入ってください。お茶でもいれましょう」

「先生はもうすっかり、品川一人気のあるお医者様になられましたね」

「とんでもない。わたしのところが繁盛しているように見えるのは、お代や薬代を帳面づけにしてさし上げているからですよ。いつになったら払っていただけるのかわからないようなのもたくさんありますから、内情は火の車です」

そう言いながらも、幸安先生は笑顔だった。診《み》たてを行う畳の間の手前は土間になっていて、そこには笊《ざる》に盛られた芋や青菜、大豆などが無造作に置かれている。おそらくは、お代のかわりに持ち込まれたものだろう。貧乏はしても、これなら食べるものには事欠かない。幸安先生は、自分一人食べられて、あとは書物や生薬を買う金が少しあればそれでいい、と考えているに違いない。

「おしげさんに渡した育児書は役に立ちましたか？」

「へえ、とても助かりました。日本橋にお嫁にいかれた百足屋《むかでや》のお嬢さまがお子をお産みになって、そろそろ歯が生え始める頃ですので、お乳を減らして赤子のご飯を食べさせなくてはならないと。それで、赤子の為《ため》の献立というものに興味が湧《わ》いて、作ってみようかと」

「おやすさんはすごいな。赤子の為の料理まで学ぼうとされるとは」

「本当は日本橋に伺いたいのですが、江戸では赤子の流行り病があるとかで。それなら文に書いてさしあげたいと思ったんです」

幸安先生がいれてくれた茶は、少し埃《ほこり》の匂いのする番茶だった。昨年の茶の残り物を安く買ったのかもしれない。

「そうでしたか。きっとお嬢さまもお喜びになられたでしょうね。ところで今日はどうされました？」

「へえ、お願いがあって参りました」

「おやすさんのお願いごとでしたら、できることはなんでもさせてもらいますが」

「へえ、八角があれば少し分けていただきたいのです。お代はお支払いいたします。紅屋では使わないので、台所にありません」

「八角でしたらありますよ。八角を使うということは、清国の料理でも作られるんですか？」

「長崎の、東坡煮というものを作ります」

「東坡煮……それって、豚の煮込みではありませんか？」

「幸安先生、東坡煮についてご存知なのですか？」

「東坡煮は、清国杭州《こうしゅう》の料理、トンポーローというものと同じだったはずです」

「トンポーロー？」

「東坡とは宋の詩人の名前なのですが、あちらの読み方ではトンポーとなるようです。

長崎は蘭学《らんがく》の本場、蘭方医《らんぽうい》は長崎で学んだ人が多い。わたしは漢方医ですが、漢方だけにこだわっているわけではなく、とにかく治せばいい町医者ですからね、役に立ちそうならば蘭方の技術も取り入れたいと、蘭方医ともいくらか交流があるんです。豚の煮込みは大変美味しい料理ですね。一度、蘭方医に連れて行ってもらった江戸の長崎料理の店で食べました。確か卓袱《しっぽく》料理と言って、とても面白い料理でしたよ。色も綺麗でしたし、味も変わっていて美味しかった。中にはちょっと口に合わないものもありましたが」

「しっぽく料理……それに豚の煮込みも入っているんですね」

「豚を食べたのは初めてでしたが、本当に美味しかった。しかし豚はけものでしょう、紅屋さんではけもの肉は出さないのだと思ってましたが」

「へえ、ももんじは出したことがありません。ももんじはあぶらが強く、人によってはお腹《なか》をくだすことがあると聞いています。旅籠《はたご》の夕餉には、翌朝の出立に障りの出そうな料理は出せません」

「なるほど。確かに、食べつけないものを食べると腹を壊すということはありますね。しかし江戸では、けもの肉は薬として売られていますよ」

「本当に、ももんじは薬になるんでしょうか」

「漢方の考え方では、食べるものはなんでも薬になります。大切なのは何を食べるかではなく、どう食べるか、いつ食べるか、どのくらい食べるか、なんです。けもの肉はとても滋養が強く濃厚な食べ物ですから、滋養をつけなくてはいけない人が食べれば薬になると思います。しかしその分、胃の腑《ふ》や腸《はらわた》に負担がかかります。胃を悪くしている人がけもの肉をたくさん食べれば、さらに胃を傷めてしまいます。要は、適度な量を、適当な時に食べる、ということが大事です。しかし紅屋さんでもいよいよ、豚の煮込みを出すのであれば、ぜひ食べに行きたいなあ。紅屋さんは泊まらないと夕餉を食べられないのですか」

やすは笑って言った。

「紅屋は料理屋ではなく旅籠ですから。でも幸安先生、勝手口からいらしていただけたら、いつでもご馳走させていただきます。先生にはおしげさんはじめ、女中も男衆もお世話になっていますから」

「本当ですか。それは嬉しいな」

「ただ、豚の煮込みは夕餉の献立として出すのではなく、試しに作ってみようということなんです。美味しくできあがったら、こちらに少しお持ちします」

「なるほど、試作するということですね」

「正直、わたしはこれまで、ももんじを料理しようとは思っていませんでした。漁師の村に生まれたせいなのか、あるいは、父や大人たちにそう教えられたためなのか、けものを食べるのは悪いことだと思い込んでいたんです」

「そうした考えは今でも根強くありますね。けもの肉を食べることは仏の道に背くことだと思っている人は、多いと思いますよ。綱吉《つなよし》公の影響も長く残っているのかもしれません」

「幸安先生は、お気になさらないんですね」

「気にしませんね。足が四本あろうが鳥のように二本だろうが、生き物であることに変わりはありません。人というのは生き物を食べて生きるもの。それを罪だけがれだと言うのであれば、生きていることそのものが、罪なんだと思います。ですが、食べない、と決めている人に無理に食べさせるのも間違いです。食べたい人は食べ、食べたくない人は食べない。それでいいと思います。おやすさんは、これまで料理しようと思っていなかったものを料理することにした。それは新しい試みであり、おやすさんにはとてもいい経験となることでしょう」

幸安先生は、生薬が置いてあるらしい奥の部屋へと姿を消し、少しして戻って来た。

「これが八角です」

紙の上に、茶色くて、尖《とが》った花弁を開いた菊の花のような形のものがあった。

「この形から八角と呼ばれていますが、これは種の部分です。花弁のような形の中に入っている、丸いものが種ですね。我々は生薬として使いますが、異国、特に清国では、香辛料としてよく使われるようです」

「香辛料？」

「唐辛子や生姜、山椒《さんしょう》など、辛みや香りをつけるのに使われるもののことです」

やすは鼻を近づけてみた。かなりきつい香りだが、甘いような、涼しいような、不思議な匂いだった。

「茴香《ういきょう》に似ていませんか？　なので八角のことは、八角茴香とも言います」

「茴香も、料理に使ったことはありません」

「独特の香りですからね。日の本の料理では、出番のない香りかもしれません。この香りはけものの肉と相性がいいのかもしれないですね」

やすは考えこんだ。香り自体は、悪いものではない。だがあまりにも馴染みの薄い香りだった。

これを使わないと、豚の肉の臭みは消せないのだろうか。

「幾つ必要ですか？」

「あ、ふたつもあれば……おいくらでしょうか」

「それふたつでよければ、どうぞお持ちください」

「いえ、そういうわけには」

「代わりに豚肉の煮込みができたら、お裾《すそ》分《わ》けしてくださいませんか」

「それはもちろん、お持ちします。でもお代は」

「豚肉は決して安いものではないはずです。それをご馳走になるのに、何も払わないのではこちらの気がひけますよ。ですからお持ちになってください。あ、そうだ。役に立つかどうかはわかりませんが、八角を生薬として使う時は粉にします。粉にすると香りは強くなるようです」

やすは番茶と八角の礼を言って診療所を出た。

八角の香りを知ったことで、やすは豚の肉を料理する難しさをあらためて感じていた。おそらく豚の肉には、やすがこれまで扱ったどんな材料とも違う「臭み」がある。八角を使えばそれが消せるのだろうか。

「ちょいと、おやすさん」

幸安先生の家からほんの少し歩いたところで、背後から声をかけられた。振り向くと、見知らぬ女が立っていた。

「あなた、紅屋の料理人の、おやすさんですね?」

「へ、へえ」

やすはうなずいた。

女は地味な着物を着ていたが、襟の引き具合やほのかに香るおしろいの匂いで、花街の女だとすぐにわかった。

「少し話ができるかしら」

「へ、へえ」

まだ半刻ほどは余裕がある。

「おしるこでもどう?」

「あ、いえ、わたしは。じきに戻りませんと、夕餉の支度がありますので」

「あらそう。だったら歩きながら話しましょう」

女は、やすに並んで自分からどんどん歩き始めた。やすは歩調を合わせた。

「あたし、相模屋《さがみや》の桔梗《ききょう》と言います」

やすは驚いて、思わず唾《つば》を呑《の》みこんだ。

相模屋の桔梗さん。若奥さまの、生き別れになった妹……

「その顔は、知ってるのね、あたしのこと」

「あ、あの……」

「姉さんから聞いた？」

やすは答えられずに黙っていた。若旦那さまからも、若奥さまからも事情は聞いている。けれど、自分が聞いてもどうすることもできない話だと思っている。

「まあいいわ。紅屋さんには謝らないといけないと思ってるの。おたくの小僧さんがひどい目に遭《あ》ったのは、あたしのせいだから。でも信じて欲しいんだけど、子供を痛めつけてなんて頼んでやしない。本当よ。紅屋に迷惑をかけたいとも思ってやしなかった。ただちょっと……嘘《うそ》を口にしただけなのよ。気のない男にしつこく言い寄られて、断っても断っても承知してくれなくてね。金払いのいい客だったんで、相模屋も追い返してくれなくて。遊郭だったらいくら金払いが良くても、行儀の悪い客は追い出しちまうだろうけど、土蔵相模《どぞうさがみ》はしょせん飯盛《めしもり》旅籠だからねぇ。遊郭よりもだいぶ安いお金で遊べるんで、若いお侍にも人気があるところなのよ。ただその代わり、上客は逃せないもんだから、金さえ払えば我儘《わがまま》も言える。仕方なく相手をしてたんだけど、どんどん図々《ずうずう》しくなっちまって、しまいには身請けしてやるなんて言い出してさ。笑っちまうよ。あたしはね、確かに飯盛女で女郎だけど、もう借金なんかとうに返しちまってるのよ。嫌になったらいつだって、相模屋を出て好きに暮らしていけるの。

ただねえ、十四の時から客をとって生きて来たでしょう、他に生きるすべも知らないし、実のところ、そう嫌いでもないのよね、この商売。あなたみたいな堅気の女にはわからないと思うけど。だからね、口から出まかせに、紅屋の若旦那に身請けしていただくお話があるんで、と断ったの」

あはは、と、桔梗さんが笑った。

「つい口に出ちまったのよ、紅屋、って。品川に流れて来たのは五、六年前だったけど、今年になってわたしのことが姉にわかってしまった。でも姉さんに会うつもりはなかったし、紅屋のことも気にしないようにしていたんだけど。やっぱり心のどっかにひっかかってたのね。……なんにしても悪かったわ。あの馬鹿なぼんが、まさか人を雇って小僧さんを襲わせるなんて思ってもみなかった」

「若旦那さまは、桔梗さんに会いに行かれたと」

「ええ、毎日のようにいらっしゃった。姉の代わりに来てくれたんだと思う。一、二度はお酒のお相手だけさせていただいたけれど、すぐに引っ込んじゃって。それでも懲りずに毎日、いらっしゃって、花代を置いて帰るのよ。そんな花代受け取れないじゃない。店の取り分はいただいたけれど、それ以上はまとめて若旦那にお返ししましたよ。でも感謝はしてるんです。馬鹿ぼんは悔し紛れに、全部あたしがやれと命じたからやったことだ、なんて大嘘をついたらしくて、あたしまでお縄になるところだったの。若旦那がいろいろと手を回してくださって、お縄にならずに済んだのよ」

「そうだったんですか……あの、でもどうしてわたしのことを？」

「あらだって、あなた品川では有名よ」

「……へ？」

「女の身で、しかもまだ十八かそこらで、料理人になったたって」

「そ、そんな。わたしはお勝手女中です」

「紅屋は平旅籠ながら、料理の味は旅籠番付に載るほどでしょう。料理人頭の政一さんは、江戸でも名を知られていた。そんな台所で、下女あがりの十七、八の小娘が、料理人として包丁を握ってる。相模屋だって一応は料理旅籠だし、宴席も受けるから料理人は腕の立つ者を揃《そろ》えているのよ。そんな料理人たちがあなたのことを噂《うわさ》していたの。いったいどんな娘なんだ、って、ね」

やすは驚くと同時に、少し怖くなっていた。自分のことを知らない人たちが噂しているなんて。

「そんな顔しなくてもいいわよ。別にみんな悪口を言ってるわけじゃないから。ただびっくりしているのよ。女で料理人になるだけでも大変なのに、まだ二十歳《はたち》にもならない子が政一さんの一番弟子だなんてね。ま、中にはね、どうせ政一さんの女なんだろう、なんて品のないこと言う奴《やつ》もいないではないけど、料理人の仕事がそんなに甘いもんじゃないことぐらいは、あたしにもわかる。腕がなけりゃどうにもならない。あたしね、その噂を聞いて、あなたを見てみたくなってね、紅屋のあたりをうろついてみたことがあるの。旅籠だから女中はたくさんいるだろうし、どの人がおやすさんなのかわからないのにね。でも、すぐにわかった。勝手口から出て来たのか、建物の横からすっと現れたあなたを見て、ああこの人がおやすさんだな、って。他の女中とはちょっと違ってた。なんて言うのかな……雰囲気がね、女中ってより職人みたいだな、って。着物が地味だとか化粧っけがないとか、まあそういうのもあるんだけど、それよりも顔つき、目つきがね、なんて言えばいいのか、あたしは言葉知らずだからねえ……そうそう、凛々《りり》しい？　凛々しいって感じがしたのよ。歩き方もさばさばしてて、袖《そで》から出た腕は身体《からだ》に比べてしっかり太くてね」

言われて、やすは思わず自分の腕を見た。それから恥ずかしくなって袖に隠した。

「いいのよ、恥ずかしがることじゃない。毎日毎日包丁を使ってるんだもの、華奢《きゃしゃ》で生っちろい腕じゃ料理人は勤まらないでしょ。台所では立ちっぱなしだろうから、足だってしっかりする。だから歩くのも早い。あたし、あなたを見て……なんだか嬉しかった」

「……嬉しい？」

「そう、嬉しかったの。ああ、こんな子がいるんだ、って。さっきの話に戻るんだけど、あたしは女郎よ。子供の時に売られちまって、器量が並だったもんだから花魁《おいらん》と呼ばれるような上等の女郎にはなれず、ただ客の言いなりに股《また》を開くだけの毎日だった。それがね、売り買いされて相模屋に来て、初めて目が開いた」

「目が、開いた……」

「そうなの。目が開いたの。相模屋には若い侍や、どこから来たのかわからない浪士が遊びに来る。そうした連中は、酔った勢いでいろんなことを喋《しゃべ》る。連中は、天下国家についてまくし立てるの。日の本の行く末とか、幕府の先のこととか……天子様のことまで。時にはお上に聞かれたらお縄になりそうなことまで口にする者もいる。女郎の頭じゃわかりゃしないと思っているのか、誰に聞かれても構わないと開き直っているのか、とうとうとまくしたてる。最初は何を言っているのかわからなかったけれど、そのうちにあたしの頭でもわかって来た。この日の本は、今、大変なことになってるんだ、ってね。異国は本気でこの国を欲しがってる。この国の金や銀、陶器や絵、なんでも欲しがってる。幕府は手をこまぬいてる。このままだと異国にせめこまれて、国ごと盗まれちまうかも。……そんなことがわかって来た。それであたしは、ようやっと、このままでは駄目なんだと思ったの。相模屋に来てからの二年、あたしは懸命に客をとり、客に気に入られようとした。花代の他に、心付がもらえる様にね。中にはいるのよ、こっそり小判をくれるような上客も。大抵はおじいさんなんだけどね。そうやって銭を貯《た》めて貯めて、店への借金は見事完済。たいしたもんでしょ？」

桔梗さんは、朗らかに笑った。

「あたしはもう、籠《かご》の鳥じゃない。いつでも出て行けるし、どこにだって行ける。でもね、まだもう少し相模屋にいるつもり。だって相模屋にいれば、日の本のことが他のどこにいるよりよくわかるから。あたしはね……あなたのようになりたいのよ。何かあたしでもできることを探して、女であるとか若いとか、そんなこと関係なく、自分の足で早く歩いて、自分の腕で生きていきたい。あなたの姿は、あたしの明日《あした》。そう思えたの」

あなたの姿は、あたしの明日。

なぜか、その言葉がやすの胸を刺した。涙が溢《あふ》れて来た。

自分のことをそんな風に思ってくれる人がいた。そのことに、やすは深く感動していた。そして同時に、自分にとっての「明日」はどこにあるのだろう、と思った。自分は本当に、自分の「明日」に向かって進んでいるのだろうか。自分にとって、目標とする「明日」はどこにあるのだろう。

「そんなわけだから、姉さんに伝えてくれないかしら。あたしが姉さんに会わないのは、姉さんを恨んでいるからじゃない。まあ、まったく恨みがないかと言われたら、そりゃ少しはあるわよ。なんだかんだ言ったって女郎ってのは辛いことばっかりだし、一度女郎に落ちたらこの先ずっと、何をしてもどんな生き方をしてても、女郎あがりだと陰口を叩かれる身だものね。なんであたしばかり貧乏籤《びんぼうくじ》ひいて、姉さんはのほほんと旅籠の若女将《わかおかみ》に収まってるんだ、って、考えればむかむかする。でもね、それも姉さんのせいじゃない、ただ単に、運の良し悪《あ》しなんだものね。女郎にならずに済むならそれに越したことはないけどさ、なっちまったもんは仕方ない。それでも生きていかないとね。だからあたしは、女郎ってのを仕事と割り切って、一所懸命やってるのよ。自分の身体、笑顔、言葉でお客を喜ばして銭をもらう。少しでも多くの銭をもらうの。笑われるだろうけどさ、誇りみたいなもんを持ってやってるのよ、あたし。

だから姉さんであれ誰であれ、無闇《むやみ》に同情はされたくない。借金はないんだから身請けしてもらう必要もない。姉さんはあたしが大層な金で買われたと勘違いしてるんだろうけど、相模屋は吉原《よしわら》の有名な見世《みせ》とは違うし、飯盛り女は花魁じゃない。返すのにちょいと無理はしたけど、働いて返せない額じゃなかった。だから姉さんに情けをかけてもらう必要はないの。姉さんに会わないのは、今はまだ会う時じゃないと思ってるから。いつかあたしも、本当に自分がしたいことを見つけて、自分がそうでありたい自分になる。姉さんに会うのはそれからにしたいのよ」

桔梗さんは足を止めた。

「それじゃ、あたしはこっちだから。おやすさん、あなたと話せて良かった。と言うか、あたしが一人でぺらぺら喋ってたんだけどさ、あなたに聞いてもらいたかったの。女の料理人がやっていくには、この先大変なこともたくさんあるんだろうけど、おやすさんみたいな女がいるってだけでも、あたしらは心が強くなれる。そのこと、忘れないでちょうだいね」

桔梗さんは、笑って袖を振り歩いて行った。

やすはしばらく、その後ろ姿を見つめていた。

待ちに待った豚肉が届いたのは、桔梗さんと話をした数日後のことだった。

やすはその間ずっと、豚肉と東坡煮のことばかり考えていた。作り方についてはおおよそ把握した。が、何かしっくり来ないものがあった。その理由がわからなかった。けものの肉の匂いは強烈で、迂闊《うかつ》に台所に置けばその匂いがこもってしまう。料理をするのは裏庭にしよう、ということになり、裏庭に即席の板場が作られた。まな板も、肉を載せたものは他の料理には使えない。政さんは、丸太を輪切りにしたものを用意してくれていた。切り口は丁寧にやすりがかけられ、杉のいい香りがする。

「猟師は山で猪《いのしし》をさばく時、杉の倒木でこんなもんを作るんだそうだ。杉の香りはけものの臭さを消す。檜《ひのき》ならもっと上等だろうが、檜は値が張るからな」

台所で使っているまな板も檜で作られている。

政さんが、さらしに包んだ豚の肉を丸太のまな板の上に置いた。やすはおそるおそる、さらしの包みを開けた。

わあ。桃の花のよう。

現れたのは、赤というよりは桃の花のような色をした、肉の塊だった。塊は二つ、一つは外側に白い脂が巻きついたようになっていて、断面を見ると肉の部分には脂がほとんどない。もう一つは、白い脂と桃色の肉とが重なったようになっている。

「そっちのやつが三枚肉だ。おやすはそっちを料理したいんだったな？」

「へ、へえ」

　やすは指先で肉をつついてみた。弾力がすごい。魚とはやはり、肉の質がまるで違う。鳥の肉と似ているようだが、それともやはり違っている。

「それじゃ、俺はこっちを料理しよう」

「政さんも豚の肉で料理を？」

「試してみたい料理があるんだ」

　政さんは、いたずらでも企《たくら》んでいるような顔で笑っていた。

「ま、明日を楽しみにしといてくれ」

「明日？」

　やすはその時、あることを思いついた。

「そうですね……料理は明日ですね」

「はは、やっと気づいたかい」

　政さんがまた笑った。

「そこがまずは、第一関門だったな」

「へえ」

やすはしっかりとうなずいた。

確かに、肉の匂いは強かった。だが決して不快とも言えない、独特の匂いだ。しっかりと血抜きがされているので傷んだ魚のような生臭さはないが、これまでやすが作って来た料理とは相容《あい》れない匂いのように思えた。その匂いを鼻が感じた時、考え続けてもわからなかった疑問が一つ解けた気がした。この匂いは完全に消すことができない。この匂いを、美味しそうな匂いに変える必要がある。魚の匂いは、新鮮であればほとんど問題にならない。新鮮な魚をきちんと血抜きをし、内臓を綺麗に除けば、刺身で食べても臭みは感じない。傷んで来ると嫌な生臭みが出て来るが、生姜を使って濃い味に煮付ければ消すことができる。

だが東坡煮の料理方法では、豚の肉を何度も生姜と葱で煮たり蒸したりする。それだけ匂いが強く、しかもなかなか消せないのだろうと想像はついていた。だが実際に生の豚の肉を前にして、やすの敏感な鼻は、その匂いがただ強いだけではなく、これまでに知っている素材とは異質なものだとわかった。あれは、簡単に消せる匂いではない。だから八角を使うのだ。八角の香りはおそらく、肉の匂いを消すのではなく、美味しそうな匂いに変える役割を果たすのだろう。

そしてあの弾力。あれが、いくら煮ても柔らかくならなかった、とおさきさんを閉口させた弾力だ。あんなに力強い弾力のある身をもつのは、鴨《かも》か鯨《くじら》くらいだろう。

今夜は料理しない。料理は明日。

そのことに気づけて良かった。それが正しいということは、政さんの言葉で確信できた。

やすは、三枚肉の塊を掌で揉《も》むように触って、その弾力をさらに確かめた。それから葱の青いところをざくざくと切り、生姜を皮がついたままで薄く切った。その葱と生姜を肉の上にのせ、さらに掌で揉み込むようになじませた。それからさらしに、葱と生姜と一緒に肉を包んだ。

でも、これをどこに容れておこう？

「これを使いな」

政さんが、風呂で使う小さな桶《おけ》を手渡してくれた。

「出来が悪くて水がもるんで、薪に混ぜて燃やすところなのを風呂番の男衆からもらって来た。こいつなら、豚肉から染み出した汁で汚れても構わねえからな。どうせ燃やしちまうんだ」

「へえ、ありがとうございます。このまま一晩、肉を置いておきたいので、何にいれようかと困っていたところでした」

「今夜は冷えそうだから、外に出しといたら凍っちまうかもしれねえな。それに野良犬にでも嗅《か》ぎつけられて食いちぎられたら困る。土間の隅に置いて、上から何かで蓋《ふた》しておけば、匂いが台所にこもることもないだろう」

「政さんの豚肉も一緒に置きますか？」

「いや、俺は長屋に持って帰る。俺の暮らしてる長屋は紅屋の台所みたいにこざっぱりとしちゃいねえからな、肉の匂いが少しばかりしてたって、誰も気にしねえんだよ」

　政さんは、はは、と笑った。

「実は、長屋に長いこと胸を患ってる爺《じい》さんがいてな。ももんじは薬になるってのは、おおっぴらにももんじを食べる言い訳で、本当に薬になるわけじゃないとも言われるが、けものの肉には滋養があるのは確かだろうから、少しばかり食べさせてやりたいんだ」

「へえ、でも豚の肉は噛《か》むのが大変ではないですか？　お爺さんなら、歯がお悪いのでは」

「そこはちょいと考えがあるんだ。明日、おなじものを作ってみるから、まあそれも楽しみにしててくれ」

❖

翌朝、やすはまだ暗いうちに目覚めて台所に降りた。豚の肉を料理するのが楽しみで待ちきれなかった。あれほどももんじを料理するなんて嫌だと思っていたのに、自分で自分の変わりようがおかしかった。幸い、ここ数日は晴天が続いていて、その日もおそらく雨は降らないだろうと思われたので、やすは裏庭に作られた即席の調理場に豚の肉を持ち出し、丸太のまな板の上でそっとさらしを外した。

昨日は桃の花のような色をしていた肉は、葱と生姜と共に一晩包まれて、幾分白っぽく、桜の花のような色に変わっている。堅く張っている皮の表面を、昇って来た朝日に透かしてみると、毛はほとんど綺麗に剃《そ》られていた。政さんが頼んだだけあって、この肉を卸してくれたところはしっかり仕事をしている。指で肉を押しても血は滲《にじ》まない。血抜きも完璧《かんぺき》だ。

やすは、鼻を肉に近づけてみた。独特の匂いは昨日よりいくらか薄まっている。代わりに、生姜と葱が肉の匂いと混ざって、ある種の官能的な香りに変わっている。

やすは線香に火をともし、皮の表面にほんの数本残っていた産毛のように細い毛を、丁寧に焼いた。水汲みを済ませ、汲んだばかりの井戸水でさらしをすすぎ、堅く絞る。その絞ったさらしで、丁寧に肉の表面を拭く。裏庭の調理場には竈《かまど》がないので七輪に炭をおこし、政さんが豚の肉を煮る為に用意してくれた古い鉄鍋に水を入れて煮立たせる。そこにまた生姜と葱、酒を入れ、豚の肉も塊のまま入れた。

グラグラと煮立つ湯の中で肉は途端に白く変わり、やがてぶくぶくとあくが出て来た。思っていた以上にあくが強い。それに匂いも強くなった。なるほどこの匂いでは、一度肉を煮た鍋は他の料理に使えなくなりそうだ。

時々あくをすくいながら、やすは台所と行き来して、いつもの仕事も始めた。とめ吉が寝ぼけまなこで起きて来たので、あく取りを任せる。

半刻ほど煮て、鉄鍋を七輪から降ろした。そのまましばらくおいて、肉を取り出せるくらいまで冷めるのを待つ。

やがておうめさんも、平蔵さんも顔を見せ、最後に政さんが、風呂敷包みを抱えて現れた。

「下茹では終わったかい」

「へえ、今、冷ましてます」

「次はどうする?」

「蒸します」

「蒸さずに煮る方法もあるぜ」

「へえ、けれどそれでは煮上がるのに時間がかかります」

「蒸したら皮が柔らかくなり過ぎねえか？」

「そうなると思います。なので、蒸しあげてから皮目を一度焼くことにしました」

「なるほどな」

「その包みは、持ち帰った豚の肉ですね？」

「ああ。こいつはこれでもう、準備はできてる。今夜は賄いに、おやすが料理した豚の肉と、俺が用意する豚の肉を出そう。けもの肉はごめんだって奉公人もいるだろうから、客に出す夕餉の献立からひと品、賄い用に多めに作っておこう」

政さんが目の前で風呂敷包みを開けてくれなかったので、やすは、政さんがどんな料理を作ろうとしているのか知りたくてたまらなくなった。

その日は、いつもの仕事をしながらちょこちょこと裏庭に出ては、豚の肉の料理を続けた。茹でた肉を今度は蒸して、箸がすっと肉に通るくらいまで蒸し上げる。それを冷ましてから今度は皮目を炭の熱で丹念に炙《あぶ》った。香ばしい香りがして、脂が炭に落ちた。それがまた、なんとも言えない強い匂いを放った。けれどそれは、決して、嫌な臭いではなかった。やすは、けものの肉を料理するということは、この匂いを料理することなんだ、と思った。

皮目に焼き色をつけてから、それを煮汁で煮る。醬油、砂糖、そして……

長崎の料理は甘いと聞いたことがある。おそらく豚の肉も、甘めに味付けた方がいいのではないか。砂糖はざらめに加えて、黒砂糖を使った。菓子に使うような白砂糖よりも味にこくが出る。茹でて蒸したおかげで肉はそこそこ柔らかくなっているが、おさきさんの言っていた「とろとろ」というのはこんなものではないはずだ。さて、どのくらい煮込めば、とろとろ、になるだろうか。

炭はおき炭で、それも数を減らして弱い熱が鍋に伝わるようにした。焦がしてしまっては台無しなので、こまめに様子を見る。とめ吉にも頼んで、仕事の合間に蓋を取って焦げていないか確かめてもらった。

お客の夕餉の膳が揃う頃までには、満足のいく柔らかさに煮上がった。鍋を火からおろし、台所に入れて、古くなった綿入れで包んだ。

「おやすちゃん、お鍋に綿入れを着せるんですか」

とめ吉が目を丸くする。やすは、とめ吉の頭を撫でて言った。

「そうなの。お鍋が風邪をひかないようにね」

やすが笑うと、とめ吉はますます目を丸くした。

夕餉の膳が全て下げられ、奉公人たちが賄いを食べに集まって来た。今夜は豚の肉が食べられるらしい、と、みんな噂で聞いていたようで、まるで見世物小屋にでも行くような様子で落ち着かない。ももんじを食べたことのある奉公人は結構いるが、ほとんど猪の肉で、豚はみんな初めてなのだ。おさきさんだけは、豚なんてそんな美味しいもんじゃなかったよ、と言いながら、それでも鼻をひくひくさせている。

「おかしいねえ、長屋で料理した時は、一日経っても消えないくらい部屋が臭ったんだけど」

やすは、綿入れから取り出した鉄鍋の中の肉を、包丁です、す、と切り分けた。うっかりすると崩れてしまうくらい柔らかい。まさに、とろとろ。

慎重に肉を箸でつまんで、小皿に盛り付ける。全員に行き渡るように切り分けると、ふた切れずつにしかならなかった。それをあがり畳の卓の上に並べた。

「これは……煮込みかい？」

おしげさんが小皿を眺めて言った。

「なんだか面白い肉だね、赤身と脂が交互に重なってて」

「へえ、豚の三枚肉の煮込みです。長崎の東坡煮という料理を、少し変えて作りました」

「ももんじは臭いもんだと思ってたけど、これは臭くないね。豚ってのは臭くないのかい？」

「政さんが仕入れてくれた肉なので、血抜きが完璧で、臭くはありませんでした。でもけもの肉には独特の匂いがあります。火を使って煮ると匂いが強くなります。それで、生姜と葱と一緒にひと晩おきました。匂いが消えるわけではないんですが、生姜や葱の香りと肉の匂いが、ひと晩でかなり馴染《なじ》みました」

みんなおそるおそる箸をつけた。が、驚きの声が上がった。

「な、なんだこれ。箸で崩せるくらい柔らかいよ！」

「どうぞ食べてみてください。あ、ももんじは食べたくない人には、豆腐を煮たものもあります」

だが誰も、豆腐が欲しいとは言わなかった。

肉を口に入れた誰かが、奇妙な声を出した。

「う、うまいっ！」

「ほんとだ、美味しいっ。とろっとろじゃないの」

「この脂のとこ、口に入れるとすうっと消えちまうよ」

「この煮込みは、ご飯のおかずにもなります。ご飯もどうぞ」

やすは言ったが、誰も飯に箸をつけず、あっという間に小皿を空にしてしまった。

「これだったんだねえ」

おさきさんが、しみじみと言った。

「これのことだったんだねえ、腰が抜けるほど美味しい豚の肉ってさ。本当に、あたしが料理した豚の肉とはまるで違うよ。豚が違うのかねえ」

「けものの肉は、魚より長い時間をかけないと柔らかくならないんです。魚は煮すぎると硬くなるのでさっと火を通しますが、けものの肉は、まず柔らかく煮込まないと味が染みません。一度茹でてから、蒸して、それから味をつけて弱い火でじっくりと煮込みました。充分に柔らかくなってから、火からおろして、あとは鍋ごと綿入れに包んで、じわっと味を染み込ませてみました」

「おやすちゃん、じゃあ、鍋が風邪をひいたわけじゃないんですね！」

とめ吉が言ったので、みんな笑った。

「煮物を布や綿入れでくるんで味を染みこませるのは、冬場はよくやることなのよ。味ってのはね、熱を加えている間は煮ているものから外に出る。それが冷めると、今度は煮ているものの中に入るの。わかる？」

とめ吉が首を横に振ったので、やすは優しくとめ吉に言った。

「もう少しして、とめちゃんも鍋の番を任されるようになったら思い出してちょうだい。煮物は火にかけている間は、煮ているものの味が汁に溶け出すの。火を止めると汁がちょっとずつ冷めるでしょう、そうすると今度は、煮汁の味が煮ているものの中に染み込んでいく。だからゆっくりと冷ます方が、味がよく染み込むのよ。冬は鍋がすぐに冷たくなってしまうから、布でくるんだりするの。味が充分に染み込まなかった煮物は美味しくないでしょう？　それは風邪をひいちゃったのと一緒。煮物に風邪をひかせないようにしてあげましょうね」

やすは、鍋に残った煮汁を小皿に分けた。それをご飯にかけて食べて、と勧めると、みんな夢中で箸を動かした。

「ああ、もうないのかい。もっと食べたかったねえ」

「そう言えば、政さんも豚の肉を料理するって言ってなかった？」

みんなが空の飯茶碗を手にそわそわし始めた頃、勝手口から政さんが入って来た。

「おーい、まだ腹減ってる人はいるかい」

「減っちゃいないけど、おやすちゃんの作った豚の煮込みが美味しすぎてさ、なんだかまだお腹が落ち着かないよ」

おさきさんが言った。

「もうちょっと豚が食べたいねえ」

「だったらちょぃと寒いが、外に出てくれ」

「外に？」

奉公人たちは、ぞろぞろと勝手口から外に出た。やすも続いた。

あっ！

やすは驚くと同時に、自分がそれに気づかなかったことに愕然《がくぜん》とした。

あぶら焼き。

そうだ、あぶら焼きだ。揚げものがお好きだがあぶらの食べ過ぎを止めたい清兵衛《せいべえ》さまの為に、やすが考えた料理だ。

並べた七輪の上を渡すようにして、清兵衛さまが作ってくださった鉄の板のような鍋が置かれていた。その上で、菜種の油がぱちぱちと音を立てている。

風呂敷包みの中から出て来たのは、大皿に綺麗に盛り付けられた豚の肉。それは薄く削《そ》ぎ切りにされ、牡丹《ぼたん》の花のように並べられている。

政さんは、薄切りの豚の肉を鉄鍋の上に丁寧に一枚ずつ広げた。途端にジュワッと音がして、肉が焼ける香ばしい香りが立つ。

「すき焼きだね！」

おしげさんが言った。

「ももんじを鋤《すき》の上で焼いて食べるって聞いたことがあるよ」

政さんは、焼けた肉を真ん中に集めると、そこに何かをかけた。じゅわわっと気持ちのいい音がして、さらに香りが立つ。

これは、醤油と生姜だ。それに砂糖も入っている。

政さんが菜箸を素早く動かすと、焼けた肉に生姜醤油が絡んでさらにいい匂いが辺りに漂った。

「さあできたぜ。皿持って来な」

我も我もと小皿が突き出され、政さんは数枚ずつ肉を取り分けた。やすもとめ吉もおうめさんも、焼けた肉を口に入れた。

美味しい！

煮込みとはまるで違う美味しさだ。同じ肉の料理とは思えない。けれどどちらも美味しい。

焼いた肉はとろとろではなく、薄く切ってあるのに噛みごたえがある。けれど薄さのおかげで、硬い、という印象はない。

砂糖を入れた生姜醬油が、こんなに肉に合うなんて。噛むと肉の汁が口の中に広がって、生姜の風味が鼻から抜ける。

煮込みの時は匂い消しとして使った生姜が、この料理では味の主役だ。

みんな立ったまま、夢中で食べていた。

「おやす、悪いが、残ってる白飯を持って来てくれ」

政さんに言われて、やすは台所からお櫃《ひつ》を抱えて戻った。

「鉄鍋の上に飯をがばっとあけちまってくれ」

「ご、ご飯も鉄鍋で？」

「清国の料理に、飯を焼くってのがあるんだ。この残り汁は飯に合いそうだから、ちょっとやってみようかと思ってな」

政さんは、木杓子《きじやくし》で切り刻むような手つきで飯を残り汁と混ぜ、焦げ目をつける。

肉を食べ終えたみんなは、今か今かと小皿を持ったまま鉄鍋を取り囲んでいる。

「さあ、できた」

政さんが言うより早く、小皿が何枚も突き出された。やすは政さんの手から木杓子を受け取り、飯をすくって小皿に分けた。

最後のひと粒が鍋の上から消えるまで、みんな黙々と食べた。そして食べ終わると口々に、美味かった、と言い合った。あまりに満足したのか、みんななかなか仕事に戻らず、しまいにはおしげさんが叱《しか》りつけて、ようやく豚の肉の賄いは終わりとなった。


「うん、これは良くできてる」

政さんの為に取り分けておいた豚の煮込みをやすが皿に盛って手渡すと、政さんはとてもゆっくりと味わうようにして食べてくれた。

「初めての豚料理でここまでやれたのは、たいしたもんだ。だがおやす、なんで八角を使うのをやめたんだい？」

「へえ……使いこなす自信がありませんでした」

やすは、せっかく幸安先生から分けてもらった八角を、結局料理には使わなかった。

「豚の肉は確かに独特の匂いがありました。八角は、その匂いを消すのではなく、膨らませる為のものだと思いました。だとしたら、分量を間違えたらすべてを台無しにしてしまうかもしれません。これまで一度も使ったことのない八角を、これも初めて料理する豚の肉にちょうどいい加減で使うのは難しいように思ったんです。八角の代わりに、豚の肉の匂いを抑えつつ、それを膨らませることのできるものはないか。それをずっと考えていました」

「で、味噌、か」

やすはうなずいた。

「とめちゃんの里では、猪を味噌味の鍋にすると聞きました。豚と猪とは近いいきものだそうですね。だとしたら肉の匂いも、近いものかもしれない。そうでなくても、味噌は匂いの強いもの、味にくせのあるものと合わせると美味しくなることが多い。それで、煮込む時に味噌を少し入れてみたんです。と言っても、味噌の味が立ってしまって味噌煮込みにならないように、醬油や砂糖の中にうまく隠れてくれるように、ほんの少し使っただけです」

「味噌のせいで、この煮込みは東坡煮とは別の料理になった。だがおそらく、無理して八角を使うよりこの方が美味しくできているはずだ。おやすは、自分の力量と正直に向き合って、背伸びをせずに工夫をした。これまでのおやすは、どんどん前へ、上へと背伸びして頑張って来た。が、今回は、その浮き上がったかかとを地面につけて、しっかりと立った」

政さんは、とても満足そうに笑った。

「また一つ、おやすは大人の料理人になったな」

やすは嬉しかった。政さんの笑顔が温かくて大きくて、それに包み込まれる幸せを感じていた。

「でも、あぶら焼きに豚の肉を使うことを思いつけなくて、情けないです。自分で考えた料理なのに」

「俺はおやすのあぶら焼きにして一番うまいものは、けものの肉だろうと最初から思ってたよ。けどおやすは、ももんじを嫌ってたからな。まあそのうちにおやすの気が変わることもあるだろうと、気長に待つつもりでいたんだが、思いの外早く、けものの肉をあの板鍋で料理できて楽しかった」

「生姜醤油をまぶしたのは、豚の匂いを消す為ですか？」

「それもあるが、どうだった？　肉の味と生姜醤油の相性は」

「素晴らしいと思いました」

「江戸では肉鍋を出す店も増えて来て、牛や馬の肉も醤油と砂糖で煮詰めて食わせたり、味噌と砂糖で煮たりしてる。だったら鍋で煮るんじゃなくて、ああいう風にしても美味いんじゃないかと思ったんだ。生姜は確かに匂い消しに使うが、それだけじゃない。あのピリッとした辛み、鼻に抜ける爽やかな風味は、けものの肉のくせをうまい具合に和らげてくれる。しかもあの味は、飯に合う。飯のおかずとして煮売屋で売りたいくらいだ」

政さんは、笑いながら言った。

「まあしかし、煮売屋で扱うには値が張り過ぎるがな。それに野菜や魚と同じ鍋は使えねえしな」

「いちいち外で料理するのも大変ですね」

やすも笑った。

政さんは、少し真面目な顔に戻って言った。

「ま、ももんじのことは、これでいったん忘れよう。面白い食い物だからつい深入りしちまいそうだが、紅屋ではまだしばらくは、けものの肉を客に出すつもりはねえんだ。旅籠の飯は、旅を続けるのに障りのない、美味くて満足できるが、でしゃばり過ぎない飯でないとな。食べつけないもんを食べると腹を壊す客もいるだろう。こなれが悪いと翌朝に胃の腑がもたれて苦しいかもしれない。俺たちが作る料理は、これまで通り、これと言って奇抜なところはなくても、煮売屋のおかずよりはちょっとばかりよそ行きで品が良く、かと言って豪華過ぎもしない、胃の腑に優しく、翌朝気持ちよく早起きができる、そんな料理だ」

「へい」

「おやすには、まずはそんな料理がきちんと作れる料理人になってもらいたい」

やすは、しっかりとうなずいた。


「それとな」

政さんの声が、少しだけ低くなった。

「平さんが紅屋にいるのは、年明けまでだ。金を出してくれる人が決まって、来年の春には店を持つことになった。正月料理は手間がかかるので手伝ってもらうことになってるが、節分までには紅屋をやめて、店を出す川崎《かわさき》に引っ越すことになる」

「お大師さまの川崎宿ですか。品川に負けず賑《にぎ》やかなところですね！　旅籠ですか、それとも料理屋ですか」

「料理屋だ。川崎には料理屋もたくさんあるから、商売敵も多い。なかなか大変だな。だが平さんならきっと大丈夫だろう」

「へえ、平蔵さんの料理なら、ちっとやそっとの店に負けたりしません」

「実直で真面目で、他人思いの優しい男だ。平さんの料理には、そんな平さんの人柄がよく出てる。平さんの料理なら、きっと人気になる。そういうことだから、おやす、年が明けたら、おまえさんが平さんの代わりに板前になる。刺身をひくのもおまえさんの仕事だ。名の刻んである柳刃を一本あつらえよう。それを命の次に大切にして、守っていくことになるんだ。いいかい？」

「……本当に、いいんでしょうか。わたしは、女です」

「それがどうした？」

政さんは言った。

「女だからなんだって言うんだ？　客が料理を食べる時に、それを作ったのが男か女かなんて気にすると思うか？　もちろん、女の料理人を嫌う客がいるのは確かだろう。だけどな、そんな客だって、言わないで食べさせたらその料理を作ったのが男か女か、舌だけで見分けることができるとは思えねえ。いや、仮に見分けたとしても、それがどうした？　美味ければどっちだっていいことだ。煮売屋や一膳飯屋、居酒屋なら女が料理しても良くて、どうして料理屋だとだめなんだ？　旅籠の台所で女が刺身をひいちゃいけねえわけはなんだ？　そんなわけありゃしねえんだよ。おやす、おまえの腕は俺が認めてるんだ。堂々と板前をはって、鯛《たい》でも平目でも刺身にしてみろ。俺は自信を持ってそれを客に出す。おやすは紅屋の料理人だ。女だろうが狸《たぬき》だろうが、知ったこっちゃねえ」

「た、狸ではありません……」

「おやそうかい」

政さんは、大声で笑った。

「そいつは安心した。狸に料理を作らせたら、どこで化かされて馬の糞《くそ》でも食わされちまうかわからねえもんな」

政さんは、あがり畳から降りて、大きく一つのびをした。

「なあ、おやす。もう自分のことを、女だから、女でございます、と言うのはやめにしねえか。おまえさんは確かに女だ。それもなかなかいい女になって来たよ。おまえさんがその気になれば、すぐにでも嫁に欲しいという男は多いだろう。だがおまえさんは、料理人として生きていくと決めた。そうだよな？」

「へえ」

「だったらもう、女だからって一歩下がったり、女なのにいいんですか、なんて卑下したりするのはやめにしな。この先料理人として生きていくなら、女はなんの言い訳にもならねえ。そんなことで遠慮しても得はひとつもねえし、下駄もはかせちゃもらえねえ。ただ、一人の料理人として生きるしかねえんだ。それが怖いなら、女の幸せを真面目に考えるのもひとつの手だと思う」

怖いのだろうか。自分は、女であることよりも、料理人であることを選ぼうとしている。

そこに迷いはないのだろうか。

やすは、答えられなかった。

「そんな顔するな。何も今ここで、すっぱりと女をやめろと言ってるんじゃねえよ。ただ、平さんがいなくなっておまえさんが柳刃を持つようになれば、ある程度の覚悟は必要だってこった。それに、女であって料理人であってもいいわけだしな。俺だって、料理人であって男もやってる。どっちも俺にとっては大事なんだ。おまえさんだって、料理人として生きていくと決めたから女としては生きていかないってわけじゃないだろう。ただ、おまえさんは料理人として一段上にのぼる。その一段の高さで、見える景色が違うかもしれねえ。新しく見える景色の中で自分がどう生きていきたいのか、もう一度しっかり考えてみてもいいかもしれん」

やすは、自分が今、大きな分かれ道の前に立っているような気がしていた。

桔梗さんの声が耳に蘇《よみがえ》る。

あなたの姿は、あたしの明日。


明日。

それは、希望。


目の前に、なぜか青く連なる高い山々が見えた気がした。いつかおしげさんが言っていた、保高《ほたか》村から見える山々のような。

希望とは、そんな山々の向こうにあるもの、だとやすは漠然と思った。

青い山々を越えて行かなければ、手が届かないもの。

だからこそ、足が痛んでも胸が苦しくても、青い山々を越えて歩く。その先に希望があるから。

その先の希望に辿《たど》り着きたいから。

辿り着けるのだろうか。

いつかは、希望に届くのだろうか。

自分が誰かの希望になれることなど、あるのだろうか。


「おやすちゃん、小皿のあぶらはどうやって洗えばいいですか」

とめ吉の声で、やすは我にかえった。

「水をかけても弾いちまいますよね？」

やすは微笑んだ。とめ吉は、けものの肉の脂が小皿に固まっているのを見て、いきなり水に浸《つ》けてはだめらしいと察することができた。とめ吉はきっと、いい料理人になれるだろう。

「捨て紙があればそれで拭き取ってもいいけれど、竈の灰をまぶして擦《こす》り落としてもいいわ。脂は土の肥やしになるから、擦り落とした灰は庭にまいてしまっていいわよ」

「へーい」

「それからお湯を沸かして、お湯で洗ってね」

とめ吉が竈に頭を突っ込むようにして灰を掻《か》き出す姿を見ながら、やすは思った。

青い山々の向こうに何があるかはわからなくても、この台所に何があるかは、はっきりとわかっている。

ここには日々があり、料理する楽しみがあり、とめちゃんやおうめさん、政さんと笑って働く幸せがある。

それもまた、希望、なのだと、やすは思う。

大切な、希望なのだと。

この作品は、月刊「ランティエ」二〇二二年七月号～二〇二二年十二月号までの掲載分に加筆・修正したものです。

時代小説文庫
し 4-9

あんの明日《あした》 お勝手《かって》のあん

著者 柴田《しばた》よしき
2022年12月18日第一刷発行

発行者 角川春樹

発行所 株式会社 角川春樹事務所
〒102-0074 東京都千代田区九段南2-1-30 イタリア文化会館

電話 03(3263)5247［編集］ 03(3263)5881［営業］

印刷・製本 中央精版印刷株式会社

フォーマット・デザイン＆シンボルマーク 芦澤泰偉

ISBN978-4-7584-4530-6 C0193

http://www.kadokawaharuki.co.jp/［営業］
fanmail@kadokawaharuki.co.jp［編集］ ご意見・ご感想をお寄せください。

柴田よしきの本

『お勝手のあん』

そうだ、わたしは節になろう！
このお勝手で生きて、身を削って、
けれど美味しい出汁になる。

品川宿「紅屋」の大旦那が類まれな
嗅覚の才に気づき、お勝手女中見習いとなったおやす。
ひとつひとつの素材や料理に心を込め、一生懸命
成長していく、ひとりの少女の物語。

時代小説文庫